ぼくと
マンゴと
エルマーノ

マイク峯

幻冬舎 MC

ぼくとマンゴとエルマーノ

目次

第四章

第五章

第六章

プロローグ

ジージがちょうど君たちと同じような小学生から中学生のころの冒険談を聞いてくれるかな？

冒険談っていったのはね、日本で起きたことじゃなく、ジージが九歳から十四歳までの間、まだ「慎ちゃん」と呼ばれていたころ、ドミニカ共和国という国で体験した奇想天外な話だからなんだ。

まず、ドミニカがどこにあるか知っている？　知らない？　そうか、じゃあ地図で探してみよう。

北アメリカと南アメリカのちょうど中央辺りに、パナマという国がある。「パナマ運河」で有名な国。その少し右辺りが映画「パイレーツ・オブ・カリビアン」で有名な「カリブ海」。ここにドミニカがある。お隣はハイチ。赤道から近いので常夏の国なんだね。アメリカのプロ野球リーグのＭＬＢで多くの優秀なドミニカの野球選手が活躍しているよ。

さて、このお話にはジージの両親や弟妹、つまり君たちのおじさんやおばさんが登場するんだけど、ドミニカになぜ行ったのか、そのころの日本はどんな様子だったのかなど、時代背景を話しておいたほうが分かりやすいだろうから、少しふれておこうかな。

ジージは昭和二十二年（一九四七年）に福岡県で生まれた。日本は第二次世界大戦で敗れてまだ二年しかたっていなかったので、みんな貧乏で大変だったんだ。でもジージが物心ついたころは、もう外国の映画を両親に連れられてよく見に行っていたし、楽しい運動会や演劇などたくさんあって、少し前に大きな戦争があったなんて信じられなかった。

ドミニカ共和国に移住する四年前の一九五三年、ジージが六歳のとき、日本でテレビ放送が始まった。でも、テレビの値段はふつうのサラリーマンの月給の十倍ほどでね、そう簡単にだれでも買えるものじゃなかった。町のアーケード街の一角にテレビ専用の台が高いところにあって、宝物のように一台だけ置いてあったよ。それをみんな首がつかれるほど見あげて観戦していたんだね。

放送されるのは大ずもうと野球とレスリング。放送が始まると、銭湯は空っぽになるほどみんながアーケードに集まるわけ。

特に人気があったのはレスリング。力道山という日本人レスラーが試合をする時間になると、テレビの前は人だかりさ。

力道山が空手チョップというわざで、昔敵だったアメリカの体の大きいレスラーをたおすと、アーケード中が、「ウォー」とか「やっちゃれやっちゃれ！」とか、「いいぞ力道山！」という声援でうまるんだな。

まだアメリカ軍が日本にちゅう在していたので、B-29という爆撃機が上空を飛んでいたし、近くに芦屋《あしや》基地というのがあったので、ジープに乗ったアメリカ兵を何度も見たことがあるよ。

ジージが生まれてドミニカに行くまで育ったところは筑豊《ちくほう》と呼ばれていて、良質な石炭がほられていた場所。そのころ、石炭は「黒いダイヤ」とも呼ばれて、日本の産業発展にはとっても重要な鉱物だったんだ。

当時、近くの街に鉄を作る日本一の八幡《やはた》製鉄所があってね。製鉄には、溶鉱炉《ようこうろ》という装置の中で、鉄の原料となる鉄鉱石を溶かす燃料の石炭がたくさん必要なんだ。でも近くに筑豊炭田があったから石炭を汽車や船で運んで、その地域一帯が大いに栄えた。そんな歴史があるんだ。

ジージの父さんはその炭鉱でこう道を作るときに大事な「ハッパ」と呼ばれるダイナマイトの担当者だった。特別な免許がいるほど危険な作業なので、お給料も良かったんだって。

でもね、ジージの母さんは、夫が炭鉱から帰ってきて「ゴホン、ゴホン」とせきをするたびに黒いタンが混じって出るのを見て、

「炭鉱は危険だし、石炭の粉をこう内で吸い続けている父さんの身体が心配」

といつも言っていたんだよ。

そんなある朝、ジージの母さんは新聞を広げるや、大声でジージの父さんを呼んだ。

「あなた！『カリブの楽園』ドミニカ共和国への移民ぼ集ってあるわ。行きましょうよ！」

この記事で一家全員の運命が決まった。宝くじのような確率で移民が決まり、一九五七年の二月五日。ジージたち一家を乗せたあふりか丸は、横浜港を出たあと、ハワイ、サンフランシスコ、ロサンゼルス、パナマ運河を通って、三十日かけて三月七日ドミニカ共和国の首都の、

トルヒージョ港（現サントドミンゴ港）に着いたんだ。
そこから、このお話は始まる。

第一章

(一) 猛獣の声

深夜。

まどろみの中で猛獣の声が聞こえ、目が覚めました。

『かなり近い……。ん？　ゆれていない……ここは？』

慎ちゃんが安定したベッドで寝ているのに気づくまで、しばらく間がありました。

『そうだ……昨日、ダハボンに着いたんだ……』

ダハボンはドミニカ共和国にある人口二万人ほどの街。国土は関東平野のほぼ二倍半で、スペイン語を母語とする。コロンブスが一四九二年に最初に発見したカリブ海の島国の一つです。

キューバの東南に位置し、フランス語を話す隣国ハイチと島を分けあっています。このころから独裁者として知られていたトルヒージョ大統領は、一九四〇年代にドミニカはこのハイチとの歴史的な戦いに勝利し、島の三分の二を自国としました。当時、慎ちゃんたちが来たときはまだまだ両国は緊張状態にありました。


一九五七年二月五日に横浜港を出て、ドミニカに着くまで、1カ月間、船底でへばりつくような生活をしているうちに、慎ちゃんの体臭になっていた船の新しいペンキのにおいはもう消えていました。

じゃばら式の木窓からもれて見える空はまだほの暗く、遠くでニワトリが時の声をあげていました。

（でも、確かさっきすごい声がしていたと思うんやけどなあ……）

夢にしては生々しい悲鳴のようでもあり、もの悲しく、頭の中にその声がかすかに残っています。

隣のベッドで寝ている七歳の弟の譲二ちゃんのかげが、うっすらと見えました。

（譲二ちゃんには聞こえなかったんやろか……）

きっと丸太のようにぐっすりねむっているのでしょう。昨日の夜、おそくまで父さんと同じ福岡県出身の重留《しげとめ》さん宅で、歓迎の夕食と、久しぶりに真水の風呂につかって、家族全員長旅のつかれがどっと出たのです。

「ヴーアッ、ヴーアッ、ヴーアッ、ヴー」

突然、まるで耳元にスピーカーがあるとしか思えないほど大きな声がはっきりと聞こえました。この声。この声で起こされたのです。

ほんとうに怖くなりました。

（どんなかいじゅうがこの国にいるんやろ。日本を出たころ、はやっていた「ゴジラ」とか「アンギラス」、それとも「ラドン」の仲間のようなやつ？）

耳をすますと屋根のず～っと上の方から、かすかに「キー、キー」と何かが鳴きながら遠ざかる声も聞こえてきます。

（映画の「ドラキュラ」が、姿を変えたコウモリの群れ？）

耳をすませばすますほど、家の外からさまざまな音が聞こえてくるのです。怖いお化け映画なんかへっちゃらで、弟が指の間からこわごわ見ているのをからかっていた慎ちゃんなのに……。

それでも、睡魔には勝てなかったらしく、つぎに目を開けたときは、外はすっかり明るくなっていました。

「母さん、父さん！……」

ベッドから起きあがるなり、昨夜から慎ちゃんたち一家の家となった居間に、転げるように入って行きました。

「どうしたと慎一、そんなにあわてて」

居間にいた母さんがびっくりしてたずねました。

「聞いた？　夜中のかいじゅうの声」

「かいじゅうの声って？」

「ほら、まだ真っ暗なとき、『ヴーアッ、ヴーアッ、ヴーアッ、ヴー』って、すっごく怖い声で鳴いちょったやろ？」

かいじゅうが鳴くまねをしてみせました。

「ああ、あれのことね」

母さんは、「フフフ」と軽く笑いながら答えました。

「今、父さんが、そのかいじゅうを見に行っちょーとよ。玄関から出るとすぐに見えるき、行ってみたら」

慎ちゃんは、玄関にあったズックをひっかけるのももどかしく、家の前のアスファルト道路に飛び出しました。

まだ三月というのに、外の空気はもう亜熱帯の太陽ですっかり真夏のようでした。

父さんが道路ぎわの高い木の下に立っていました。でも、そこにいたのは父さん一人だけではありませんでした。耳はいせいよさそうにピンと立ってはいるけれど、首をたれ、しっぽを面どうくさそうに振っている、何か子馬のような動物がいっしょだったのです。

「おお、慎一か、ちょっとこっちにきい。これがなんか分かるか？」

うで組みをして目を細めた父さんの顔は、慎ちゃんがなんと言うのか試しているようでした。

慎ちゃんは、目の周りが白く、優しい目をしたその動物を観察しながら、それでもこわごわと近づいて行きました。人に危害を加えるようには見えません。

「これ、馬？」

「いいや、ロバたい」

父さんがそう言ったとき、その動物はいきなり上くちびるをめくりながら鳴いたのです。

「ヴーアッ、ヴーアッ、ヴーアッ、ヴー」

これが昨日の夜、慎ちゃんをなやまし、怖がらせたかいじゅうの正体でした。

慎ちゃんは、もう自分のおくびょうさがおかしくなったのと、かいじゅうなんかじゃなかったのが分かって、ぎゃーぎゃー笑ってしまいました。事情を知らない父さんは、自分が何か面白いことでも言ったのかと思ったのか、慎ちゃんの顔をのぞきこみながらたずねました。

「何？　どうしたと？　何がおかしいと？」

それがまたおかしくて、慎ちゃんはしゃがみこんで、腹が痛くなるまで笑い続けました。痛い腹をかかえながら、とぎれとぎれに昨日の晩の話をすると、父さんも「ヒャ、ヒャ」といつもの独特な声で笑っていました。

一九五七年三月八日。峯慎一、呼び名は「慎ちゃん」。もうあとひと月で十歳。ドミニカ共和国の最初の朝はこうやってスタートしました。そして、この日からおよそ五年間、両親、弟、妹、それに父さんの弟をふくめた六人家族は、このダハボン地区のラ・ビビア（スペイン語で「見張り台」という意味）で、ほかの日本人五十五家族、総勢三百三十八人と苦楽をともにすることになったのです。

(二) ドミニカ第一日目の朝

ロバに驚かされて起きた朝から、ドミニカでの本格的な生活が始まりました。夜が明けて分かったことは、峯家の家はドミニカの空のような青色。慎ちゃんはこの色が大好き。

屋根も、かべも、全部スレート板でできていて、天じょうのない屋根から一本一本打ちぬかれたクギが見えました。

「こりゃあ、真夏になれば暑くてたまらんばい」

父さんが心配そうにつぶやきました。三月はまだすずしいころだったので、父さんの言葉はオーバーに聞こえたけれど、あとから父さんの心配が本当だったことが分かってきます。

家の両側には、雑草がまばらに生えた幅三メートルほどの小さな庭がありました。

正面玄関に向かって右隣の家はピンク色、高知出身の一家です。左隣はアイボリー色、鹿児島出身の人たちでした。

家の裏には、家と同じ色の小さな納屋のような建物があり、これが、あとからいろいろ問題となる「ボットン便所」でした。

最初の夜、お世話になった福岡出身の重留《しげとめ》さんが、「便所には気いつけんさいよ」と注意した理由が分かりました。底が見えないほど深いのです。三メートルはあろうかという深い穴を掘って、その上にこの便所の小屋をかぶせています。もし落ちたら、くさいばかりか、死ぬかもしれません。

慎ちゃんが顔を洗おうと家の中を探し始めました。

「母さん、洗面所はどこ?」

「外ちゃ。玄関前の道を渡ったら小川があるき、そこで洗ってね」

言われた場所に行くと、幅三十センチほどの小川が流れていました。水はとてもすみきっていて、手ですくうと冷んやり。

(魚はいないかな……)

しゃがんで目をこらして川の中をのぞきこみましたが、一匹もいません。

すぐに、弟の譲二ちゃんと妹のまち子ちゃんたちも来ました。

「にいちゃん、何しちょーと?」

「見てみ、きれいな水……。二人とも顔を洗って」

「うん」

答えた二人は小さな手で水をすくい、ぴちゃぴちゃと顔を洗います。

朝ご飯です。

顔を洗って家に入ると、食卓の上に、何やら黄色いものがあります。

なんとバナナです!

日本では高くてなかなか買ってもらえないバナナの束が、目の前にあるのです。

「母さん、これバナナだよね!」

「そうよ、バナナよ。バナナはね、この国ではたくさんできるとよ。だからたんとお食べ」

母さんはバナナの束から一本一本もいで、慎ちゃんたちに手渡しました。

慎ちゃんはドミニカに来るまで一度だけ、日本でバナナを食べたことがあります。それは、慎ちゃんが肺炎で長い間入院したとき、おばあちゃんがお見舞いに持って来てくれたのです。そのときのバナナの味と、かんだときにグニョとした感しょくはそう簡単に忘れるものじゃありません。そのおいしかったこと! 慎ちゃんはまたいつか食べられると楽しみにしていたのですが、病気が治って家に帰ったので、そのあと、おばあちゃんがお見舞いに来てくれることもなく、とうとう、何年も食べていなかったのです。

そんな貴重なバナナが、一本ではなく、目の前に何本もふさになって！

バナナの皮をむいて、ゆっくりかみました。夢の中にいるようでした。あのときのバナナよりもず～っとあまくてやわらかく、とろけるようで、口の中にフアッと独特な味が広がっていきます。

「うああ、バナナっておいしいねえ」

生まれて初めて食べた譲二ちゃんが言うと、

「おいしいねえ」

まち子ちゃんがまねます。

その日の午後、峯家のラ・ビヒア（コロニア）第一日目は、いっしょにドミニカに来た第四次の家族のみんなとともに、コロニアの南角にある集会場に行って、ドミニカのえらい人たちの歓迎の演説や、日本大使のお祝いの言葉を聞いて終わりました。

そして、子どもたちの楽しくて不思議な冒険はすぐつぎの日から始まったのです。

(三) 家の周りから冒険

家の周りの地面には直径二センチほどの無数の穴がありました。

（なんやろう？）

棒で穴をつつくと、びっくりするほど大きなクモが出て来ました。それは、入り口付近で慎ちゃんたち兄弟をグッとにらみつけたあと、すぐに中にスルスルッと引っこんで行きました。

大きな穴には、大きなクモ。小さな穴には小さなクモ。

慎ちゃんたちは面白くなって、大きな穴を探しては、棒でつっついたり、近くにあった空きかんに近くの小川の水をくんできて、そのクモの穴にそそぎます。そのたびに、クモはにわか雨でもやってきたのかと、大あわてで出てきます。でも、そうじゃないことを確認すると、すぐまた穴の奥へスルスルッともどって行きます。クモにとっては大めいわくだったことでしょう。

つぎに発見したのは、家の後ろの木の根っこに住む生き物たち。それは、アリ。

「うあー、譲二、まち子、みれ、みれ、大きなアリの巣やぞ」

慎ちゃんは、昔からアリをつかまえてはビンにいれ、砂糖をあげてアリたちに巣作りをさせるのが大好きだったので、もううれしくなって大声で二人を呼びました。

あずきのような形をした頭でっかちの兵隊アリや、小さな赤い働きアリが、忙しそうに穴の中に出入りしているのが見えました。

慎ちゃんが落ちていた小さな木の枝で巣をちょんとつつくと、大量のアリが穴からどっと出て来ました。中にはもう白い卵をくわえてあっちに行ったりこっちに行ったりするアリたちが。

突然、譲二ちゃんがさけびました。

「イタッ！」

見ると、一匹のアリが、体を「くの字」にまげて、譲二ちゃんの足の小指に食らいついていたのです。慎ちゃんは急いでアリをはたき落としてあげました。

「に、にいちゃん、こ、ここのアリかむとよ！」

譲二ちゃんが痛そうに顔をゆがめて言ったときには、もうその小指は赤くはれていました。

その日の夜、夕食どきは慎ちゃんのどくだん場でした。

「ねえねえ、父さん、母さん、今日、何があったと思う」

昼の間ずっと外で働いていた父さんに話しかけました。

「おっ、どんなことがあったとね」

昼間に母さんに話したことと同じ、クモとアリの話をしました。

「こんなに大きなクモとかがいて、穴に住んでいて……、でっかい頭をしたアリが譲二ちゃんにかみついて……」

親指と人差し指でその日見たクモとアリがどのくらい大きかったか見せたのですが、本当の大きさの二倍はあったかもしれません。じつは父さんはそのアリのことを重留さんからドミニカに着いた夜、こんな注意を聞いていたそうなんです。

「みねさん、ドミニカのアリには気いつけんしゃいよ。日本のとはちがってかみつきますし、かまれたらはれあがりますきね」

でも、いろいろ忙しくて、子どもたちに注意するのをすっかり忘れていたらしいのです。

話を聞いた父さんは、

「そうか、譲二、大丈夫か。どれ、見せてみ」

父さんはそう言いながら、譲二ちゃんがアリにかまれたところを調べました。

ところで、母さんの名前は、「時代」と書いて「ときよ」と読みます。父さんの名前は、「市之助」と書いて「いちのすけ」。まるでさむらいのような名前でしょう。鹿児島県出身で、昔は武士の家だったんだって。

その市之助さんが、時代さんにたずねました。

「少しはれてはいるけど、時代、赤チン以外に何かなかったとかねえ」

「ごめんなさい。それしかなかったとよ」

「そうか。ま、仕方がない。譲二、たいしたことはないばい」

父さんは譲二ちゃんの頭をバサバサといじりました。譲二ちゃんも父さんからそう言われたので、安心したようでした。

じつは、父さんは戦争中、衛生兵だったので、少しは医学の知識があったのです。だから父さんのこの経歴は、そのうちこのコロニアの中でいつか役立つ日が来ます。

その夜、屋根を支えているはりから小さなエビのような生き物が落ちて来ました。サソリでした。映画で見たことはあったけれど、本物がまさか家にいるとは！

（ドミニカのこんちゅうって怖いなあ）

(四) ドラム缶風呂とカナル風呂

ドミニカ共和国に着いて、峯家にお風呂ができるまでの一週間は、家族全員、重留さんのドラム缶風呂を借りに行きました。その家は慎ちゃんたちのところから、歩いて十分ほど北西のちょっと小高いところにありました。

日本にいたころ、慎ちゃんはいつも近所の銭湯に、父さんや母さんたちと行っていましたが、内風呂はそのころまだめずらしく、入ったのはせいぜい泉水《せんすい》のおじいちゃんのところに遊びに行ったときくらい。

昭和三十二年ごろは銭湯が一般的だったのです。農家の多くの人たちは「五右衛門風呂」という大きな鉄のかまのようなお風呂を使っていました。慎ちゃんのおじいちゃんのところもそうだったので、五右衛門風呂に入るのはけっこう上手だったのです。

ドラム缶風呂に入るときは気をつけないといけません。底が少し熱いので、丸く切った板をまず浮かばせて、そっと上に乗り、バランスをとりながら、少しずつ体重をかけて行かないと、よくひっくり返ります。譲二ちゃんはまだ小さいので、一人で入ることはできません。だから、父さんが、

「よっこらしょ」

と高く持ちあげて、ゆっくりおろします。怖がり屋の譲二ちゃんは、それでも最初はおどおどしていましたが、何度か入っているうちにバランスが取れるようになりました。

ラ・ビヒアの日本人のお風呂はみんなドラム缶風呂だったので、それを知ったドミニカ人たちは、

「日本人は自分自身を煮ている」

と笑っていたそうです。慎ちゃんたちだって最初は驚いたほどですもの。熱い国で水シャワーしか知らない人たちからするともっともでしょうね。

でも、せまいお風呂でも、それを独り占めにした大人になったような気分で、いつもワクワクしながら入っていました。


ある夜。

「たまには水あびも良いかもしれんね。カナルに行ってみようか」

父さんがそう提案しました。

カナルとはスペイン語で用水路のことです。昼間、父さんがラ・ビヒアの西はずれにあるカナルに、きれいな水が流れているのを見て、ひとあびするのも面白いと、思ったらしいのです。

慎ちゃんたちがいやって言うわけがありません。父さんの口がとじたとたん、

「わーい、わーい!」

大はしゃぎです。

(あったかいドラム缶風呂も良いけど、星空の下でみんないっしょに水遊び。フフフ……)

もう待ち遠しくて待ち遠しくて。まるで遠足に行くような気分です。

西の空が赤くそまり、やがて、辺りが真っ暗になったのを機会に、みんなは固まって家を出ました。空には信じられないように明るく輝く天の川が地平線まで広がっていました。

「なんだかまるでいたずらをしに行くみたいやね」

母さんが笑いながら小声で言いました。慎ちゃんたちは月と星の明かりをたよりにカナルへ向かいました。

十分ほど歩くと、カナルでした。犬の遠ぼえや、どこか遠いところから（ドンドコドンドコ）という太鼓の音が聞こえてきました。あとから知ったのですが、すぐお隣の国、ハイチの人たちが毎晩たたいている音だったのです。

（ハイチ人はブードゥー教を信じていて、夜になると太鼓をたたいてニワトリの生き血を吸って、コウモリになって飛んで行くんだぞ）

しばらくして親しくなったカトリック教徒のドミニカ人が、真剣な目をして慎ちゃんに説明してくれたことがあります。


カナルに着きました。辺りにだれもいないのを確認したあと、みんな急いではだかになり、セメントでできたカナルの斜面をすべるように降りて水の中につかりました。

カナルは父さんがうでを広げたくらいの幅でした。入ったとたん、

「おや、昼間ほど水がないねえ」

父さんがすぐ気がつくほど水が少なくなっていたのです。慎ちゃんの膝小僧くらいしかありませ

んでした。それでも慎ちゃんたち兄弟妹は浅い水にひたって、「ヒッ、ヒッ」と顔を寄せてひそかに喜んでいました。

（こんなとき水かけっこでもできたらいいのになあ）

「だれにも見られないように、静かにしちょってよ……」

母さんから、そう念をおされていたのでがまんしました。

ちょろちょろと流れる水にひたりながら、

（日本の友だちや親せきの人たちがこんなぼくたちの姿を見たらなんち言うんじゃろ、きっとええなあ、ってうらやましがるやろうな）

うれしくてたまりません。

暖かい南国の国と言ってもやっぱり三月の水は冷たいのです。母さんと父さんはほんのちょっとカナルにつかったあと、

「寒くなったばい」

そう言うと、すぐにカナルから出て服を着てしまいました。

「えっ、もう出ると？　もっといようよ」

口々にみんなでせがんだのに、

「カゼを引くといけんきね。また、今度来よう」

母さんの一声で、しぶしぶ三人ともカナルからあがって行きました。

（もうこんなこと、ないやろうな）

予感は的中。家族みんなでカナルに入ったのはあとにも先にもやはりこのときだけでした。ドラム缶の内風呂が家にもできてしまったからです。

（父さんと母さんは、すっかりカナル風呂の楽しさを忘れてしまったんや）

残念で仕方がありませんでした。だいたい、「大人の今度」ってあてにならないよね。

第二章

(一) 最初の友だち

ラ・ビヒア(コロニア)に来て、一週間がたちました。

父さんは十六歳になって間もない弟の忠夫おじさんといっしょに、畑を見に行ったり、我が家のドラム缶風呂の屋根作りも始めたりで忙しそうでした。

母さんは食料の買い出しや、コロニア内にあるドミニカ人が経営するボデーガ(お店)や集会所へ行って、慎ちゃんたちがどこでスペイン語が学べるのか調べているようでした。

ある日。

「こんにちはー」

元気な声が勝手口から聞こえました。

「はーい」

ドミニカで初めてだれかが家に来たのです。これは一大事。

(だれやろう)

慎ちゃんは母さんについていてかけて行きました。

勝手口に、慎ちゃんと同じような年ごろの男の子たちが数人、笑顔で立っていました。

その中で体が一番大きくて、つばの色があせた野球帽をかぶり、目がぎょろっとした男の子が元気な声で言いました。

「野球《ペロータ》をせんかと思ってさそいに来ました」

「まあ、うちの慎一と譲二をさそいに来てくれたと？　ありがとね」

母さんはたいそう感激し、

「ほら、みんなと遊びに行ってきんしゃい」

慎ちゃんたちをせかしました。

目ん玉の大きい男の子の名は山本新二くん。ほかの子どもたちは、佐竹くん、中原くん、犬山くんです。全員、慎ちゃんより半年ほど早くドミニカに来ていた一次の子どもたちでした。一次というのはこの国に最初に移住してきた人たちのことです。二次と三次はこのダハボン地区とは別のところにいました。慎ちゃんたちは四番目に来たので四次なんです。

ドミニカで最初の友だちになった山本くんは、慎ちゃんよりも一つ年上で、いつも上半身をゆすって歩くくせがありました。Yamamotoと書いてスペイン語では「ジャマモート」と読むのですが、ドミニカ人はこれが言いにくいらしく、いつのまにか山本くんのことを「ジューカ」と呼んでいました。ジューカとはドミニカの主食の一種で長いイモのようなものなんです。

このジューカのほかに、佐竹くん。ニックネームはノーマン。機びんで、野球が上手でよくショートを守っていました。前歯のない口をあけて、へらへら笑っていて、つかみどころのない男の子。何をさせてもうまいのだけど、話すのはどうも苦手だったようです。

つぎに中原くん。スペイン語で「ひよこ」という意味の「ポジート」と言うニックネームがもうついていました。慎ちゃんよりも一つ年上なのに、まるで二つも三つも年下のようなかわいらしい顔をしていたので、このニックネームがついたらしいのです。

最後に、「チャコ」の犬山くん。日本にいるときからチャコと家で呼ばれていたそうです。譲二ちゃんと同じ年で、すごく無口。でも、とても同じ年とは思えないほどしっかりした感じの子です。鼻が悪いのか、いつもハーハーと口で息をしていました。

ほかに、チャコのお兄さんの、のりおさんと実くん、さいとう実くんと弟の徳二くん、種子島から来ていたハンサムな亀田くん、それに頭がみんなより少し大きく見えたので「カベソン」（スペイン語で頭でっかち）というニックネームのついた山中の新ちゃん、坂本くん兄弟たちみんなが友だちになりました。

慎ちゃんはジューカたちからさそわれて初めて野球をしました。野球で知っているのは、そのころはやっていた「おう、かねだ、ひろおか」（王、金田、広岡）というダジャレくらいで、いきなりこう球で野球です。何をどうしたらいいのかさっぱり分かりません。

遊び場所は、コロニアのまん中辺りにあるボデーガの横の原っぱ。そこに厚紙で作った小さなベースをおきます。慎ちゃんは、ピッチャーをしているポジートの後ろのほうで、何も持たずに、外野手です。

みんなはテント布でできたグローブを持って来ていました。カニのはさみのように二またに分かれていて、中には綿がぎっしりつまっていました。

ポジートがボールをホワンと優しく投げると、ジューカが信じられないような勢いで打ちました。ボールはあっという間に慎ちゃんの頭をこえて、後ろの草原にころがって行きます。慎ちゃんは急いでボールをとりに草むらに入ったとたん、ズックをつらぬいた何かが、右足の土ふまずにささりました。

「あいたっ」

慎ちゃんはしゃがみこみました。

「どうしたの」

「足に何かがささっちょるみたい」

急いでズックをぬぐと、痛いところに何か黒くて細い針のようなものがささっています。

「ああ、トゲだわ」

だれかがすぐに教えてくれました。

ドミニカの野生の多くの木にはトゲがあり、そのグラウンドは森のトゲの木を全部たおして作ったので、そのトゲがいたるところに残っていたのです。トゲの先っぽは固くて黒く、それが折れて、慎ちゃんのやわらかい足の裏にうまっていました。

「おれが取ってやる」

ジューカが器用に指で取ってくれました。少し血が出て、痛いことは痛いのですが、野球を途中でやめるわけにはいきません。慎ちゃんはすぐにズックをはき直して、「オーケー」とみんなに合図しました。

右足の裏はズキンズキンと痛むのですが、野球をすれば必ずだれかがトゲをふむものなので、みんなそんなことなど気にせず、夕暮れになるまで遊んでいました。

慎ちゃんは、父さんたちがすごく忙しいことも知らずに、新しい家と、新しい友だちと野球に夢中になっていました。

(二) スペイン語のレッスンスタート

ラ・ビビアに来て数週間ほどたったある日、とうとうスペイン語を勉強する日が来ました。

慎ちゃんはこの日が待ち遠しくて待ち遠しくて。特に、慎ちゃんより一つ年下の徳二くんのスペイン語はばつぐんでした。ジューカやノーマン、ポジートたちみんなが上手にスペイン語をつかっていたからです。慎ちゃんは早く徳二くんのようにしゃべられるようになりたいと思っていました。

慎ちゃんたち兄弟は、ドミニカの大統領の写真が表紙になっている青いノートと、頭に消しゴムのついた黄色いエンピツを一本を持ち、母さんは五歳のまち子ちゃんの手を引いて、みんなでいっしょに集会所へ向かいました。

いつものように真っ青な空がどこまでもどこまでも広がっている美しい日でした。

集会所は峯家の青い家より何十倍も大きく、白っぽいスレートの屋根が、太い何枚もの板とボルトで支えられていました。

右奥には一段高い舞台があり、左奥には三段に重ねられた長いすがあります。なんとその裏が「教室」でした。

「教室」には黒板が一つ。その前にいすがいくつか散らばっていました。それらのいすは日本の学校で座っていたようなものとは全然ちがいました。右側に大きなひじかけがついていて、その先っぽには大きなうちわのような板が。どうもそのうちわのような部分が机がわりのようでした。いすの下に本やノートが置ける棚《たな》がついていました。

慎ちゃんたちが行ったときはだれもいませんでしたが、しばらくすると、ぼつぼつとラ・ビビアの日本人の子どもたちが集まって来ました。ジューカやノーマン、ポジートたちがいつ来るのかと、首を長くして待ったのですが、みんなはなかなか来ません。

「母さん、ジューカたちおそいね」

「そうやねえ、あんたの友だち、だれも来ないわねえ……。あら、いらしたわよ、あの人がきっと先生よ」

母さんが先生だといった女の人は真っ赤なハイヒールをはいていました。ちょうど母さんほどの背かっこうで、チョコレート色のはだに何か分からない明るい花がらのスカートがよく似合っていました。背筋を真っすぐのばし、歩くたびに長い黒髪が風にふかれたようにゆれました。

母さんが、その女の人に日本流のおじぎをすると、その人も軽く、でも、ぎこちなく頭を下げました。

この先生はマリアという名前だそうです。母さんは、慎ちゃんと譲二ちゃんをこのマリア先生に紹介したあと、まち子ちゃんの手を引いてさっさと帰ってしまいました。

結局、教室に残ったのは、慎ちゃんより少し年下の子どもたち数人と慎ちゃんたち兄弟だけ。

きっと来ると思った友だちはとうとうだれ一人来ませんでした。

その日の午後、母さんが昨日の夜作ってくれた布のグローブを持って、いつものグラウンドに行くと、ジューカたちがペロータをしようと待ちかまえていました。

「ジューカ、今日、どうしてだれも学校に来なかったと？」

「あれっ、慎ちゃん知らんかったんか？　……おれら、あの学校へ行っとらんと」

「じゃあどこへ行っちょったん？」

「ダハボンのコレヒオだよ」

「コレヒオ？」

「そう、おれもポジートもノーマンも、みんなコレヒオに自転車で行っちょると」

（うそっ？　だから、だれも来なかったんや）

ナゾはこれで解けました。

慎ちゃんにはどうしようもありませんでした。まだ、スペイン語のアルファベットさえ読めないのですから……。

父さんと母さんは、日本を出る前に横浜で何日間かスペイン語を勉強していたので、片言のスペイン語をしゃべっていました。そんな会話でも、慎ちゃんにはとても上手に話しているように聞こえました。

（とにかく、まだ見たこともないコレヒオにみんなと行けるようになるには、アーベーセーをしっかり覚えるしかない）

かたく自分にちかいました。そんなわけで、みんなと自転車に乗ってコレヒオに行ける日を夢見て、一生けん命マリア先生のスペイン語をまねて勉強し始めました。

でも、慎ちゃんが知らない間に、思いもよらないことが……。コレヒオに行く前に母さんが、別の学校を探してきてしまったのです。

(三) ダハボン市へ

ドミニカ共和国に住み始めて一カ月ほどたち、慎ちゃんは四月で十歳になりました。

ある日。

「杉山さんがダハボンの学校を紹介してくれたんやけど、そっちに行ってみる?」

日本人の集会所でスペイン語を教えてくれるマリア先生はとても熱心な先生で、子どもたちみんなから好かれていましたし、慎ちゃんとしては別に先生に不満はありませんでした。でも、日ごろから、父さんたちは、

「クラス全員が日本人だとついつい日本語でしゃべってしまうねえ。スペイン語が上達するには、どこか別のところで勉強した方がいいかもしれん」

せっかく慣れてきた教室のみんなやマリア先生と別れるのはちょっぴり残念でしたが、両親が言うように、日本人の少ない学校に行った方がいいと慎ちゃんも思いました。

面接日の朝。

太陽が出る前に、母さんと慎ちゃんはダハボンへ「グアグア」と呼ばれるバスで行くことになりました。

このグアグアは真っ暗なラ・ビヒアの中を、お客さんを求めて大きな警笛を鳴らしながら一周します。停留所はありません。乗りたい人は、乗りたい場所で手を挙げればいいのです。

そういうわけで、母さんと慎ちゃんは家の前の暗い路上に立って、長い間グアグアを待ちました。グアグアが「グァ、グァ」という音を鳴らしながら、向こうの方からだんだん近づいて来たとき、バスにひかれないように注意しながら母さんが両手を挙げました。グアグアがゆっくり目の前に止まりました。

グアグアの中には、十人ほど先客がいました。バスが動き始めると、上の方で、何か動物の鳴く声が聞こえてきます。

屋根にはトランクや段ボール箱などの荷物といっしょに、あさひもでくくられたニワトリや子豚たちが乗っていたのです。

今度は穴ぼこだらけのアスファルトの道を、グアグアは最終目的地のダハボン市へ向かってしっ走しました。いたるところにある穴ぼこにバスが落ちてガタンと飛びあがるたびに、屋根の上の乗客たちからにぎやかな悲鳴があがりました。

車窓から、夜のなごりのすずしい風が入ってきました。でもグアグアに乗っている間、つぎからつぎへ後ろへ飛んでゆく景色を見ながら、慎ちゃんはずっと不安な気持ちでこんなことを考えていたのです。

（面接のとき、ひょっとしたらテストか何かあって、『この子はスペイン語が分からないので、不合格』と言われるんとちがうやろか……。それとも、ものすごいゴリラみたいな男の先生かなあ、うんにゃ、女の先生でもこの国ではゴリラみたいな人かもしれん。そういう人が出てきて、わけの分からないことを聞かれたらどうしよう……そうちゃ、そんなときはなんでもいいから、にこにこ笑ってごまかしておいて、あとから母さんに断ってもらおう……）

コロニアを出て、三十分くらいゆられ、なだらかな坂を下るとグアグアが止まりました。するとヘルメットをかぶった若いドミニカ兵が一人、バスの中へずかずかと入って来たのです。

慎ちゃんは驚きました。アメリカ映画に出てくるような迷彩服を着て、肩に鉄ぽうをかけた兵隊さんだったからです。

その人は、バスの乗客一人一人をじろじろ見回しました。まるで映画にいつも出てくる（ワルモノ）のような目をしている、と思ったほど、すごみのある目だったのです。

何があったのだろうと一瞬身を固くして、隣にいる母さんの顔をうかがいました。でも、母さんはいつものように、背筋を真っすぐにして、不安そうではなかったので、慎ちゃんも安心しました。

つぎにまた兵隊さんの方を見ると、ヘルメットの下にはもう優しい茶色の目がありました。

「これは検問って言うとよ。あやしい人がいないかどうか、町に入る車は全部調べられると」

そういえば母さんは何回かダハボンに来ていたので、もうこのことは知っていたのです。

兵隊はどうやらグアグアの運転手と顔なじみらしく、バスの入り口に立ったまま、運転手に笑いながら話しかけていました。運転手に明るい声で敬礼したあと、すぐにグアグアから降りて行きました。すると、グアグアはゆっくり動き始め、検問所の前の道路を横切っている大きなバンプの上をガタン、ガタンと二つ乗りこえました。屋根の上の無賃乗車たちがまたおおげさにさわぎました。

ダハボン市に着いたのです。

検問所の前を通り過ぎると二百メートルほど一直線の街路になっていて、これまで通って来た道とはちがって、一つも穴のないきれいにほ装されたアスファルトの道でした。グアグアはまるで新車にでもなったのかと思うほど、すべるように走りました。

沿道には同じ間かくで植えられたヤシの木が、何本も何本も空高くのびていました。歩道の横にはカラフルなコンクリート製の平屋が整然と並んでいます。

道のつき当たりに何かの記念碑が建っていました。右側をぐるっと回って向こうへ行くと、すぐ左側に緑いっぱいの公園が見えてきました。公園の回りには二階建ての白いビルディングがいくつかあります。

「前方に階段がついた建物が見える？　あれは警察署よ」

母さんがそれを指さしながら説明してくれたとき、突然グアグアがブレーキをかけて急停車しました。屋根の上の動物たちが、「クワッ」とか「ブアッ」などの不満をもらしました。

グアグアの中の乗客全員がシーンとして、座ったまま同じ方向を向いています。慎ちゃんは、何事が起こったのだろうと、みんなと同じ方向を見ました。

ラッパの音が遠くで鳴り、町が凍っていました。通りを歩いている人全員がまるで「時間よ、止まれ！」とだれかが唱えて、ほんとうに時間を止められたかのように、み～んなみ～んな立ち止まり、ラッパ音のする方を向いているのです。

道路には、直立不動の姿勢をとっている人。かぶっていた帽子を胸にあてている人。男の人たちはみんな敬礼をしています。

ラッパの音は、グアグアの左なめ後ろの方角から聞こえてきました。音がする方向に目をやると、公園のヤシの間から三人の兵士が見えました。

一人がラッパをふき、残りの二人がドミニカの国旗をくくりつけたロープを持って、それをゆるり、ゆるりと引っ張っています。そして、兵士たちはまるでポールの先端まで登って国旗をすぐそばで見ていたかのように、ラッパの最後のメロディーが消えた瞬間、ぴったりと国旗をあげきりました。

大人風に言うと、「ドミニカの国旗は、神を象ちょうする青、祖国を象ちょうする赤、それに自由を象ちょうする白。中央に国章というものがあります」。そんなあざやかな国旗が、風の中で勢いよくひるがえりました。

メロディーが終わったとたん、町の中はまた、もとの動きのある世界にもどりました。

急に、むっと熱い空気がグアグアの窓から入って来たような気がしました。

「慎一、降りようか。学校はすぐそこよ」

母さんがバスのやや斜め前方をさしました。

それは、母さんがさきほど教えてくれた警察署のすぐ左横にありました。もし警察署が父さんくらい大きな大人としたら、その学校は赤ちゃんがハイハイしているほど小さな小さなピンク色の平屋の建物でした。

ここが、慎ちゃんがこれから半年ほど学ぶ学校だったのです。

第三章

（一）ホセフィーナ先生の入学許可証

初めて見たその小学校は、慎ちゃんが想像していたのとはまったくちがっていました。通りから見るとふつうの民家とそれほど変わりはなく、校門もなければ、日本のどこの学校にも植えられた「桜の木」もありません。

校名は「シモン・ボリーバル」。ラテンアメリカの解放と統一に貢献したベネズエラ人の英雄の名前なのだそうです。

玄関のピンク色のとびらを開けると、すぐ左手にせまい教室が二つ、右手に事務所と職員室が共同になった部屋が一つありました。

教室の中は色とりどりの机やいすが整然と並び、かべ板には生徒たちが描いた絵や、切りぬかれた紙製のアルファベットが、重なり合うようにはられていました。学校というより、（集会所）かな？

二十メートルほど廊《ろう》下の奥に、子どもたちが走り回れるような、小さな遊び場がありました。ちょうど休み時間だったのでしょう、慎ちゃんと同じような年ごろの子どもたちが十人ほど、その広場のブランコに、むらがっていました。

慎ちゃんは母さんの手を取って、そっちのほうへ引っ張って行きました。

ブランコは、広場全体をおおうほど大きな木の枝から垂れ下がっていました。この大木のおかげで、そこはとてもすずしく、通りの暑さがうそのようです。

　子どもたちの何人かが、慎ちゃんと母さんに気づいたので、「オーラ」（ハーイ）と片手をあげて慎ちゃんがあいさつをすると、その中の何人かが「オーラ」と答えてくれました。

　ちょうどそのとき、後ろから、

「セニョーラ、ミーネ？」

　だれかが母さんに声をかけたのです。

「シー。ブエノス　ディーアス、セニョリータ」（はいそうです。おはようございます）

　声の主に振り向いて母さんが元気よく返事をしました。

　その人を見た慎ちゃんはドキッとしました。自分の背たけの倍はあるかもしれないと思うほど背が高く見えたからです。でも実際は、母さんより数センチしか高くなかったのです。マリア先生と同じような真っ赤な背の高いハイヒールと、同じ色のワンピースを着ていたので、よけいに高く見えたのでしょう。

　その女の人はしばらく母さんと何か話をしていました。

「シー、シー」（はい、はい）

　母さんの声だけがよく聞こえます。すると、その人が急に慎ちゃんの方を向いて、

「シニーチ？」とたずねると、つかつかと大またで近づき、急にかがみこんで慎ちゃんをしっかりだくと、ほっぺたにキスをしたのです。

　このキスが、慎ちゃんの新しい先生、ホセフィーナ先生の入学許可証になりました。

生まれて初めて、母さんとはちがう人からほおにチューをしてもらった慎ちゃんは、映画好きの両親とよく見ていた外国の映画の中で、男の人と女の人がチューをしているのを思い出しました。でも、母さんのチューとこの先生のとは、全然ちがう感じでした。

慎ちゃんの心臓はもうあっちにいったりこっちに来たり。それに先生が近づいたとき、なんといい香りがしたことでしょう。まるで、花畑に囲まれたようないい香りでした。

この日から慎ちゃんは、この小さな小さなプロテスタント系私立小学校の生徒になりました。そして、朝八時の授業に間に合うように、やっとペダルに足が届くような自転車をこいで、最初に入っていた杉山さん姉妹たちと通い始めたのです。

(二)シモン・ボリーバル校

シモン・ボリーバル校には、ホセフィーナ先生のほかに、黒人の女の先生、それに女の校長先生の三人しかいませんでした。

この学校はアメリカのプロテスタントの人たちが作ったもので、ほとんどの国民がカトリックのこの国では、肩身のせまい学校だったようです。

この町のたちが、

「あの学校は悪魔の学校だ」

こんなうわさがあったことを、慎ちゃんはスペイン語が分かるようになってから知りました。慎ちゃんのような子どもたちには、そんなうわさは入ってきませんでしたし、それが分かったとしても、学校が楽しくて、慎ちゃんにとってはどうでもいいことです。

慎ちゃんが本当に行きたかったコレヒオとは別に、学費無料の国民学校もダハボン市にありました。でも、両親が見学に行って、我が子の教育には合わないと判断したらしいのです。だから、慎ちゃんがシモン・ボリーバル校に入ってどんどんスペイン語が話せるようになっていく姿を見て、二人は本当に満足してくれたようでした。

シモン・ボリーバル校は私立なので、授業料も高かったみたい。だからこの地方のお金持ちの子どもが多く、ドミニカではあまり見かけないアメリカ人の金髪の子や、国境警備の軍人将校の子どもたちが通っていました。

その子たちの送り迎えには必ずピカピカの高級自家用車。女の子のユニフォームは赤と青と白の線がついたかわいらしいセーラー服。背中のえりには星が二つ左右にバランスよくあしらってあります。男子生徒は人数が少なかったからでしょうか、制服はありませんでしたが、いつもこぎれいな服装をしていました。

そんな中で慎ちゃんが気おくれしないようにと、いつものように母さんは手ぬいの服を作ってくれました。

母さんが作ってくれる服は、日本にいるときから近所の人によくほめられていたのです。それはそうでしょう。「主婦の」なんとかという雑誌などにのっている、有名人のデザインを少し変えて作っていたのですから……。

母さん自身の服も、父さんの背広も、全部母さんがミシンでぬっていました。おかげで、学校に行ったとき、ホセフィーナ先生やほかの先生たちが、慎ちゃんの服装を見て、

「ケー　ボニート　ベスティード」（まあきれいな服ね）

と言ってくれたとき、

「ミ、ママ」（ぼくの母さん）

と服を指さすだけで先生たちは理解してくれたようです。

ホセフィーナ先生は、アルファベットがやっと読めるようになってきた慎ちゃんに、優しくていねいに、そしてしんぼう強くいろんなことを教えてくれました。一番印象に残っているのは、このようなスペイン語の発音の練習でした。

bra, bre, bri, bro, bru
bla, ble, bli, blo, blu
cra, cre, cri, cro, cru
cla, cle, cli, clo, clu
dra, dre, dri, dro, dru
fra, fre, fri, fro, fru
fla, fle, fli, flo, flu

……

慎ちゃんが聞いたこともない音は、初めはとても難しく、どうしても「bra」が「bura」という発音になってしまうのです。ホセフィーナ先生は授業の始めに必ずこの発音練習を取りいれました。

慎ちゃんも自転車をこぎながら登下校のとき、一生けん命この舌をかみそうな発音の反復練習をしました。おかげで、一カ月もしないうちにどんな音でも出せるようになっていました。

スペイン語は日本語の発音とよくにています。その中で、一番簡単におぼえるスペイン語は、牛のvaca（バーカ）、それに、にんにくのajo（アーホ）。だから、子どもたちは、最初に覚えたこの二つのスペイン語だけを使って、おたがいに「バーカ」「アーホ」と言い合っては、「おれ、牛とにんにくって言っただけだんだもんね」とか、「アーホを売ってバーカを買った」（にんにくを売って、牛を買った）というような言葉遊びをして笑い合っていました。

こんなあほらしい覚え方が少しは役に立ったのでしょう、半年もすると、両親や近所の大人たちの簡単な通訳ができるまでになっていました。

子どもたちが、自分たちよりも早く上達するのを見た親たちは、近所の人たちと集まって子どもたちのことが話題にのぼると、決まって、「子どもっていうもんは何でも覚えるのが早いですね」と話していたようです。

慎ちゃんは、この新しい小学校に行くのが楽しくて楽しくて仕方がありませんでした。アルファベットのぬり絵や、アーベーセーの歌、ほかにも授業の終わりに必ずうたう歌なども習いました。

それはこんな歌でした。

「さよならの歌」

Hemos terminado hay que descansar
（お勉強が終わったので休けいだよ）
Este trabajito llebaré a mamá
（この宿題は母さんに持って帰ろう）
Hasta mañana antes diré.
（また明日ね、って先に言っておくよ）
Muy tempranito yo volveré
（またすぐにもどってくるから）
Muy tempranito yo volveré
（またすぐにもどってくるからね）

(三) 慎ちゃんの迷演技？

慎ちゃんがシモン・ボリーバル小学校に通い始めてひと月もすると、同じ年の竹中秋子ちゃんも入学しました。みんな同じような歳だったのでとても仲が良く、いつもいっしょに自転車で競争しながら通っていました。

いつもの朝のように、でこぼこ道を走っていると、突然、慎ちゃんの両うでにガツンという衝撃《しょうげき》がありました。つぎの瞬間、慎ちゃんはあっという間に道路にたたきつけられていたのです。自転車の前輪が大きな穴に落ちこんだからです。

右足のすねを思いっきり何かで打ったらしく、あまりの痛さに声も出ず、足をかかえて慎ちゃんはその場にうずくまってしまいました。だまって必死に痛みをこらえてしゃがんでいると、だれかがクスクスと笑い始めたのです。

なんと、ふだんはおとなしくて優しい秋子ちゃんでした。やがて、そのクスクスがケタケタという大きな笑い声に変わりました。それも、涙を流さんばかりの笑い方で。何がおかしかったのでしょう。

「なんがおかしいとかっ！」

思わず九州弁でしかってしまいました。秋子ちゃんは「ごめん」と言ったのかもしれません。いや、秋子ちゃんのことだからきっと、そう言ったと思います。でも、そのとき、慎ちゃんは痛さのあまり何も聞こえませんでした。

学校にはなんとか着きました。昼休みになっても、すねの痛みはうずくばかりでうまく歩けません。そんなとき、廊下ですれちがった秋子ちゃんがニコニコしていたので、慎ちゃんは「フフ」とまた笑われたような気がしたのです。

「なんや、秋子ちゃん、人が痛いのがそんなにうれしいとかっ！」

つい、にくまれ口をたたいてしまいました。

秋子ちゃんがドドッと泣き始めました。虫歯だらけの口を大きく開けて。大つぶの涙をぼろぼろながしながら。わんわん泣き始めました。

慎ちゃんはこまってしまいました。妹のまち子ちゃんが、わがままから道路にあお向けになって、足をバタバタさせて泣いているのを見て、お兄ちゃんらしく、しかったことはありましたが、自分のせいで女の子が涙を流すなんて！　だからそのものすごい泣き声に、慎ちゃんはどうしていいか分からなくなりました。

秋子ちゃんの泣き声は小さな学校中に響き渡りました。

「うぁ～ん、うぁ～ん」

八の字になった眉をしたホセフィーナ先生が、いつも以上の大またでドンドンとやって来ました。

「ケ　パソ、アキーコ⁉」（どうしたの、秋子⁉）

「う、うわ～ん」

一段と声をはりあげた秋子ちゃんに、ホセフィーナ先生はかがみこんでたずねました。秋子ちゃんは涙でぼろぼろの目をぬぐいながら、慎ちゃんを指さしました。

先生の青空のような美しい目の奥に、あらしのような目がひそんでいるとは慎ちゃんは思いもしませんでした。身がすくみました。

「シニーチ！」

先生のきびしい顔が慎ちゃんの前に近づきました。

「ケ　イシステ　ア　エージャ」（あなた、彼女に何をしたの！）

（ホセフィーナ先生に誤解されたくない、でもどうやって今朝の事件を説明しよう）

慎ちゃんはあせりました。心の中は不安と、でも、自分なりの正義のいかりでふるえていたのです。

「エージャ……」（彼女は）

とっさにそう言ったのはいいのですが、

「たおれたぼくを笑った」

そう言いたくても「笑う」というスペイン語をまだ知りませんでした。

（自分は悪くない）

そう信じているとき、人は強いんです。慎ちゃんは、日本にいたころ、母さんの妹や弟たちの、まき子叔母ちゃんや浩三叔父ちゃんたちとよくジェスチャーゲームをしていた方法をとりました。

まず、「ビシクレータ」（自転車）と言いながら自転車に乗っているまねをしました。先生は、しおれると思っていた慎ちゃんが、変なかっこうを始めたので、「ん?」という表情で目を丸くしてながめていました。

つぎに、日本語で「たおれた」とたおれるしぐさをしながら、本当にばたんと廊下にねころがりました。

(先生、分かってくれてるんだろうか……)

「アハン」

ホセフィーナ先生がうなずきます。

(分かってもらちょるみたい)

そして、そのままの姿勢で、秋子ちゃんを指さしながら、自分でもびっくりするほど大きな声で、

「エージャ、……アハハハハハ」(彼女、あははは)

腹をかかえて笑うまねをしてみせました。

先生は慎ちゃんの真剣にうったえる姿を見ていましたが、人を食べたような赤い口紅のついた大きな口を思いっきり開けて笑ったのです。そして、秋子ちゃんに、

「エス　ベルダッ?」(あれ、本当のことなの?)

秋子ちゃんも、そのころは慎ちゃんのジェスチャーがおかしかったらしく、さっきまでの涙顔は笑顔に変わっていました。そして、

(うん)

と頭をたてに振ったのです。

「ビエン、ビエン、シニーチ、コンプレンディ」（分かった、分かった、慎一、理解できたわよ）

そう言いながら、先生は慎ちゃんの手をとって起こしてくれました。

周りで拍手が起きました。

慎ちゃんはそれまで必死だったので気づきませんでしたが、学校中の先生（といってもあと二人だけだけど）と生徒たちが教室の窓やドアから慎ちゃんの演技を見ていたのです。

本当はすごくはずかしかったのですが、慎ちゃんは何事もなかったようなふりをして立ちあがりました。

（ぼくは九州男児やき）

そんなふうに育てられた慎ちゃんは、思っていました。

でも、何よりもうれしかったのは、ホセフィーナ先生に分かってもらえたことでした。もちろん、秋子ちゃんとはすぐに仲直りできました。

この事件から、「reir」（笑う）という単語は、慎ちゃんには忘れられない、思い出深いスペイン語になったのでした。

第四章

(一) 我が家に馬がやってきた

もうあとひと月もすると、夏休みという五月のある晩。父さんが夕食中にばくだん発言をしました。

「みんな、近いうちに馬を買うかもしれんよ」

三月にドミニカ共和国に来てから数カ月間は、コロニアの日本人たちが共同で買ったトラクターを交代で使って、畑を耕したり荷物を運んでいました。でも、いつも必要なときに使えないので父さんは困っていたようです。

「母さん、それほんと？」

「そうやね。そうなるかもしれんね」

慎ちゃんは、父さんの重大発表を聞くと、もうすっかり空想の世界にひたっていました。

ここのドミニカ人の子どもたちのように、はだか馬にさっそうとまたがり、どんな坂でも自由にあがったり下がったり。小川を飛びこえ、川の中をジャブジャブ通ってゆく。西部劇映画の中のシェーンだ。ああ、なんとかっこいい。うっとり。

その夜、

（どんな馬を買うんやろうね。どうせやったら、スーソさんのところのようなくり毛の小さな馬がいいよね……兄ちゃんが先にうまくなって、お前にあとからゆっくり教えてあげるきね）

（うん、いいよ）

などと譲二ちゃんと話していると、二人とも興奮してなかなかねむれませんでした。

数日たったある日曜日のことです。

「馬を買いたいという日本人はこちらか」

開けっぱなしの玄関ドアからスペイン語で話す太い声がしました。

「知り合いからお宅が馬を買いたいと言っているのを聞いてなあ、やって来たんだよ」

家族全員、急いで外に出ました。声の主は、カウボーイハットをかぶったドミニカ人のおじさんでした。りっぱなくり毛にまたがっていましたが、おじさんは細いひもをにぎっています。その先には、つかれたように頭を下げた元気がなさそうな馬が、しっぽをだらんとたらしたまま立っていました。そのおじさんは、どうやらつかれた方の馬を売りに来たようでした。

それは、慎ちゃんたち兄弟が数日前の夜、夢見ていた馬とは月とスッポン。くり毛というよりうす茶で、ところどころ毛がぬけていました。おまけに、子馬どころか、見あげるほど背が高かったのです。

その馬の背にはバナナとヤシの葉で編んだ古いくらがありました。そのくらからはみ出た、たよりなさそうな一本のロープで馬のおなかの回りをきつくしばって、くらをなんとか乗せているようでした。

もちろん、よく日本で見ていたアメリカの西部劇で見るような「あぶみ」というものはありません。

父さんはいかにも昔から馬には慣れているようなそぶりで、馬の歯を調べて年れいを推りょうしていました。馬の年れいは、歯で分かるのだそうです。

家族のだれも父さんがそく断するとは思っていませんでした。だけど、父さんはその場で馬を買ってしまったのです。

(安くした上に、くらもつけてやる)

たのみもしないのに相手が言ったのが気に入ったらしいのです。

「九州男児は値引き交しょうはしない」といつも自負する父さんの弱点を知っているかのような売り手でした。

それはこちらの人がよくする手で、高く値段を言っておいて、交しょうしだいで、少しずつ安くする、という常とう手段だったのです。

鹿児島生まれの父さんは、ものの値段を交しょうで安くしてもらうなんて、「武士のはじ」くらいに思っていたのでしょう。

お金をもらった馬主は、

「グラシアス」(ありがとう)

と大声で感謝したあと、健康そうで美しいくり毛にまたがってかけ去って行きました。

「やっぱり連中はうまいもんやのォ」

父さんは後ろ姿を見て関心していましたが、すぐに、

「おれが乗る」

と言い出しました。

でも、馬の背が高いので、父さんのような大人でも乗るのは一苦労。くらをつかめば、一本くらいの細いロープできつくしばっていても、くるりと落ちてきます。

父さんは忠夫おじさんの手を借りながら何度か失敗したあと、やっと馬上の人となりました。

でも……。だれが見てもへっぴりごし。もし馬が少しでも走ろうものなら、すぐにでも首にしがみつきそうな姿勢に見えました。

それでもみんなの手前、怖くないようなそぶりで、手づなをにぎって姿勢を真っすぐにすると、馬が突然ブルンと身ぶるいをしました。

父さんはあわてて、落ちないようにと手づなをひっぱると馬がズズズっと後退りしました。馬はまったく乗り方を知らない人間に困ったことでしょう。

「どうどう」

父さんが日本語で馬をなだめると、この馬は日本語が分からないはずなのに、なんとか落ち着きました。

(どうだ、落馬しなかっただけでもたいしたもんやろ)

父さんの顔にはそう書いているような気がしました。

そんな父さんの気持ちをみすかした母さんが、

「まあ、うまくさばいてよく落ちなかったとやねえ」

とほめました。こんなとき、母さんは父さんをおだてるのがけっこううまいのです。慎ちゃんたち兄弟妹もみんな、母さんのこんな「ほめ言葉」でがんばってきたので、よく知っています。

馬のくらをはずしたとき、とんでもないことが分かりました。その背中に、三センチくらいの穴があいていたのです。その穴は何度も人が乗っていると、くらがずれて馬の背中をいため、やがてうみを持って、上手に治療をしないと穴があいて行くのだそうです。

馬の手入れが悪いといつかこうなるらしいのです。だから馬のことをよく知っている人だったら、だれも買いません。傷が治るまでくらもつけずに、じっと安静にしておかないといけないのです。こんなかわいそうな馬だったからこそ、急いで帰った元馬主は、傷が見られないようにくらでかくしておいて、「くらをつけて安く」売ってくれたのでした。安さにこんな理由があったのです。

これを知ったとき、父さんはどんな表情をしていたのでしょう。慎ちゃんは知らんぷりを決めました。母さんも
「あーあ」

とがっかりしてため息をつくだけでした。九州男児の傷ついた気持ちを察したのでしょうか。とにかく、この馬の背中をいたわりながら、役立ってもらうしかありません。

ドミニカ人から教えてもらったぬり薬をすぐに背中につけて、馬が痛がらない方法を試しましたが、その穴は何年たっても完全にはふさがりませんでした。

でも、一家の夢の一つは、一応こんなこんな形で、かなえられました。

馬を買って間もなく、父さんが馬車を作ってもらってきました。

「こわれた自動車の後輪を利用した単純な構造やけど、日本の大八車みたいで便利やぞ」

家族全員がゆったり座れるほどの広さの木製で、とても快適な乗り物でした。

カンポ（畑、田んぼ）へは、いつもこの馬に引かせ、ゆられながら行くことになりました。

でも、少しあとになって、二頭目を買ったとき、父さんはもっとはずかしくて、人には語られないほどの失敗をすることに。あ～あ。

(二) 二頭目の馬

「やっぱりあの馬だけじゃ仕事にならん。仕方がないから、二頭目を買おう」

父さんはあのかわいそうな馬を買って一カ月もたたないうちに、二頭目を買おうと言い出しました。もちろんだれも反対なんかしません。だって、み～んな同じことを考えていたのですから。

父さんがそう言って何日かたったある日、前の馬主とはちがった別のドミニカ人のおじさんが一頭の馬を連れてやって来ました。

「アミーゴのスーソから聞いてな。いい馬がほしいんだってな。だったらこの馬しかない。見ろ」

確かに今度の馬は背は高く、くり毛もきれい。馬の背に乗せてあるヤシとバナナの葉でできたくらも新しい。そして、なんといっても一番良かったのは、そのくらをはずしても、馬の背中には穴がなかったことです。

慎ちゃんはその馬がいくらだったのか知りません。でも、やっぱり父さんは、今度も馬の歯を調べたあと、「こりゃいい馬だ」と言われるままの値段で買いました。

父さんは、馬主が行ってしまうと、忠夫おじさんにたのみました。

「ちょっと手を貸してみ」

ヒラリと、ドミニカ人のように乗る父さんの姿を家族のだれも期待していません。父さんが馬を上手にあつかえるようになるのはまだまだ先の話です。

それでも、

「よし!」

父さんは自分自身をそうはげましたあと、家の前を右へずっと二百メートルほど南に続く道の方へ馬の首を向かせると、その腹を軽く両足でけって、ゆっくり歩かせました。

父さんを乗せた新しいくり毛は、熱いドミニカの太陽の下で輝いているように見えました。パナマ帽をかぶった父さんが映画の中のカウボーイのような服装だったら、申し分のない光景だったことでしょう。

馬がトットットッと軽く走り始めました。そのたびに、父さんの体も上へ下へとはねました。やがて、道が左方向へ直角にまがるところに来ると、父さんは何を思ったのか、思いっきり馬の腹をけったのです。

分かりきったことですが、馬は乗り手の意思を尊重して、走り始めました。それもかなりのスピードで。

今度の道も二百メートルほどの直線。その中央付近に数本木がしげっていました。父さんの姿がその木々の向こうを通り過ぎて出てきた……と思ったのは早とちりでした。出てきたのは、馬だけだったのです。

「えっ？　父さんは?!」

みんながびっくりして父さんの姿を探したとき、足を少し引きずりながら、木のかげから父さんが出て来ました。

父さんの足のケガはたいしたことはなかったけれど、きっと父さんの心の中には大きな傷ができていたことでしょう。だから、家族のだれ一人として決してこの日のことは口にはしませんでした。

(三) 初めての夏休み、ヒル事件

六月に入って間もなく夏休みになりました。

ドミニカの学校の夏休みは、六月半ばから九月までの三カ月あります。子どもたちにとっては、楽しい夏休みのはずなのですが、遊んでばかりはいられません。まず、家のお手伝いが優先します。どんなお手伝いですかって？　簡単なところからだと。
1. ランプのホヤのそう除
2. 父さんお好みのきざみタバコを20本ほど作る
3. ニワトリが食卓にのぼるまでの処理（首を持ってグルグルして殺さないといけないので母

さんには無理）

4．田んぼの中やあぜ道の草とり

5．馬の世話

今日は久しぶりに、父さんと忠夫おじさんと三人で馬車でカンポに行く日です。

峯家のカンポは、ちょうどダハボンとラ・ビヒアの中間辺りにあるのですが、その近くに、父さんが最近やとったスーソさんというドミニカ人の家がありました。

慎ちゃんには、父さんよりスーソさんの方がずっと老けて見えたのですが、スーソさんの子どもたちみんなが、譲二ちゃんよりもずっと小さかったので、ひょっとしたら父さんより若いのかもしれません。

（ドミニカ人の年はまったく分からんばい）

父さんがそう言うぐらいですから、慎ちゃんに分かるはずがありません。

カンポには姿勢が良く細っそりしたスーソさんがもう来ていて、マチェーテという刀であぜ道の草を刈っていました。

長さ五十センチほどのマチェーテには牛の角をピカピカにみがいた柄がついています。ほかに、もう少し幅の広いマチェーテという刀もあります。ドミニカ人はこのマチェーテを、畑の草かりや木を切ることのほかに、プラタノ（野菜バナナ）やジューカの皮をむくのに上手に使っていました。

ふだんは皮のさやにいれ、ズボンのバンドにぶら下げて持ち歩きます。でも、母さんは、

（まるで日本の野武士が刀をさしているみたいで怖いわ）

と言っていました。実際、これでけんかをして人殺しがあるらしいのです。便利ですが、使い方をまちがえると、凶器です。


父さんがスーソさんと何か話をしていました。話し終えると、スーソさんが、

「ビエン」

と答えてどこかへ行ってしまいました。

「父さん、スーソさん、どこに行ったと？」

「ああ、じつはね、この田んぼにはトラクターが入れないので、牛をたのんだとよ」

「なぜ、トラクターが入れんと？」

「ほら、下の方を見てみ」

父さんがカンポの東の方角を指さしました。

田んぼは数百メートルほどゆるやかに傾斜していて、一番底にあたる部分に背の高い草が生いしげっていました。

「あそこに、背の高い草がいっぱいあるやろ。あれから、ここまで」

といいながら、父さんは慎ちゃんを連れてその場所まで歩いて行きました。

「ほら、ここまで、沼地なんよ」

（なんで沼地だったらトラクターが使えないのかな？）

慎ちゃんがよく理解していないことが分かった父さんは、

「慎一、ほら……」

ゴム長ぐつをぬいで、ズボンの両すそを高くめくりあげたあと、まだイネが植わっていない雑草だらけの田んぼの中に入って行きました。

父さんの右足がまず「ズボッ」という音とともに落ちて、つぎに左足も同じ音をたて、両足とも完全に股までどろの中に消えたのです。

田んぼにトラクターが入らない、と分かってから大変になりました。せっかくみんなでお金を出しあって、コロニアのほかの日本人たちと共同購入したというトラクターが使えないのですから。

父さんは、田んぼを耕すためにこの国の人にわざわざお金を払ってたのまなくてはなりません。とくに、こんな沼地だと、牛と牛飼いもずぼずぼと深いどろに足をとられるので、みんないやがるのだそうです。だから、父さんはふだんよりずっと高い料金をはらって、牛飼いをやとう必要があったのでした。

家族全員、毎日田んぼに出て、牛も入れないような場所や田んぼのすみっこは、大きなクワやスコップですみずみまで耕しました。

でも、慎ちゃんたち兄弟は、どろんこ遊びのような気持ちで手伝っていました。日本にいたら、そんなきたないところで遊ぶんじゃありません、としかられるかもしれません。でも、今は父さんと母さんのお手伝いをしているのです。だから、腰まで届きそうなどろの中で、慎ちゃんと譲二ちゃんは、何度も転んでは、どろだらけになった体や顔がおかしいと笑い合ったりしていました。

第四章

ある暑い昼下がり。もうすぐお弁当の時間というころ。慎ちゃんがいつものように田んぼの草取りをしていると、糸のようなものがシュルシュルと自分の方に泳いで来るのが見えました。ヘビにしては小さすぎるし、ミミズはそんなに速く泳げません。

その生き物は、半ズボンから出ている慎ちゃんの足に、ぴったりとくっつきました。ヒルです。日本でもときどき見たことはありましたが、日本のヒルの何倍も大きかったのです。

慎ちゃんは、あわててそれをぎゅーっとひっぱがそうとしました。でも、ただゴムのようにのびるだけで、のびきったらぬらりと指から離れて、また元の長さにもどって体に吸いつきました。元通りに短くなると、まるで、ヒルが慎ちゃんの足の中にゴソゴゾともぐって行くような気がしました。

「父さん、母さん！」

生まれて初めての気味の悪い体験に、慎ちゃんの頭の中はごちゃごちゃ。

まず父さんが慎ちゃんの異様なさけび声を聞いて、田んぼの中をどぶどぶとやって来ました。

「なんだ、ヒルか」

父さんはこともなげに言うけれど、生まれて初めて吸われる慎ちゃんとしては、こんなにおそろしい体験はありません。自分の血が別の生き物に、目の前で吸われているのですから。まるで吸血鬼、あるいは、宇宙から来た「アメーバー星人」みたいなものです。

「慎一は十歳にもなって、おおげさやなあ」

父さんは指でヒルをつまみながら笑っています。でも、ヒルはおいそれと離れてはくれませんでした。

父さんがつめで吸い口辺りをごしごしやって、やっとはがれました。とたんに、ヒルが吸っていた場所から血がにじみ出てきて、慎ちゃんの足から流れ落ちました。

あとからどろに足を取られながらやってきた母さんが、慎ちゃんの血を見るとさけびました。

「まあ、そんなに血を出して！」

傷は全然痛くありません。でも血がたくさん出ているので、いかにも大変な傷のように見えます。

「母さん、大丈夫、全然痛くないんよ」

「まあ、慎一はがまん強いねえ」

母さんは父さんとちがって、ほめてくれました。

慎ちゃんの血を大量に吸ったヒルは、父さんが手のひらで何度も丸めて、スーソさんが自分のコーヒー用に起こしていた火の中に、ぽいと投げいれました。ちょっとかわいそうな気がしました。

(四) おいでは、さようなら

太陽が真上に来ました。待って来たお弁当の時間。ドミニカ共和国は赤道に近いので、真昼になると太陽はほぼ真上に来ます。

田んぼのあぜ道に、屋根をヤシの葉でふいて、細い四本の木だけで立っている小屋がありました。

父さんたちがスーソさんといっしょに作りました。

小屋から、一歩でも外に出ると肌がピリピリするほど痛くて熱いのに、風がふくとその下はとてもすずしいのです。

「母さん、どうして、屋根の下はこんなにすずしいと？」

あるとき、慎ちゃんは不思議に思ってたずねました。

「日本とちがってね、この国はいつも乾燥しているとよ。もし、日本のように湿気があったら、きっと蒸し蒸しして、大変暑いやろうけどね」

そういえば、日本の夏はどこにいても暑く、夜なんか、大きな蚊帳《かや》をはって、中に入るとき、蚊《か》帳《や》のすそをバタバタさせて、さっと入って行かないと、蚊がいっしょに入ってきて大変だったことを思い出しました。おまけに、蚊帳《かや》の中はいつもむんむんしていて、母さんがうちわであおいでくれて、やっとねむれたものです。

でも、ドミニカでは太陽がしずむと、昼間の暑さがウソのようにすずしくなります。ただ、困ったことに、蚊が日本の何倍もいて、おまけに大きく、ちょっとオーバーな父さんは

「日本のすずめくらいの大きさ」

と言うほどです。ズボンの上からでもさします。さされたら「痛い」から大変大変。

話をカンポにもどしましょう。

スーソさんが沼地になったカンポの下の方にいたので、今日、母さんは、よく働いてくれるスーソさんの分の弁当も作ってきていました。そこで、慎ちゃんは、スーソさんに大きく「おいでー」

の手を振りながら、

「ベンガ・アカッ」（こっちにおいで）

とスーソさんを呼びました。

スーソさんはこの声が聞こえたらしく、ずっと下に見える草かげからぬっと頭をあげ、「分かったよ」というふうに、持っていたマチェーテを頭上で振りました。

父さんと忠夫おじさんも、小屋のそばに流れる小川で手足のどろを落として、やって来ました。

「父さん、スーソさん、気づいたみたい」

「そうか。じゃあ、準備しちょこうか」

父さんと母さんは持って来たゴザの上に、弁当を広げ始めたのですが、スーソさんがなかなか来ません。スーソさんをさがすと、草かりの手を止めたスーソさんが下の方のあぜ道に立っていました。もう一度スーソさんの方に向かって慎ちゃんが、

「スーソさーん、ご飯だよー、おいでー」

と大声でスペイン語でさけびながら、またおいでおいでと手を大きく振りました。ところが、どうしたのでしょう、スーソさんがこちらへ来るのかと思っていたら、すっと右に曲がって、とっと自宅のある方へ向かって歩き始めたのです。慎ちゃんは、声が届かなかったのだろうと思って、また、同じように声をはりあげて呼びました。

「ご飯だよー、おいでー」

スーソさんは、分かったというような感じで、手をあげたのですが、とうとう、そのまま、数百

メートルほど離れた自宅にもどってしまったのです。

「へんやねえ、スーソさん？」

でも、そのわけは昼ご飯と昼寝のあと、スーソさんが田んぼにもどって来たときに分かりました。

「スーソさん、ミ・ママがトゥ（親しい人への「あなた」）のためにお弁当を作って来たので、いっしょに食べようってさっきさそったんだけど、聞こえなかったの？」

「いやあ、トゥは、さよなら、って何度も手を振るもんで」

「えっ？　こうやって、おいでって手を振ったでしょ」

おいでおいでの手招きをしてみせました。

すると、鼻にかいたあせを手でふきながら、なぜかさびしそうな、うれいをふくんだ笑顔でスーソさんは、思いがけないことを言ったのです。

「それは、さようなら、とか、あっちにいけ……ですよ」

慎ちゃんばかりか、そこにいたみんなが、

「えっ？」

目が点になりました。

家族の中で、一番スペイン語が話せるようになっていた慎ちゃんは、なおも食い下がって、

「こうやって、手で『おいで』って呼んだんだよ。これって『さよなら』なの？」

「そう。おいでは、ドミニカではこうするんでさ」

スーソさんが見せてくれた「おいで」は、なんと日本のやりかたとまったく逆だったのです。つ

まり、手のひらを上にして、自分の胸の方にひっぱる方法。慎ちゃんの日本式『おいで』は、手のひらを下にして、上下する動作。

「じゃあ、さようならは、どうやって?」

「トゥがしていたような手の振り方だよ」

そういいながら、スースさんが見せてくれた「さよなら」はちょっと日本の「おいで」とはちがっていたけれど、遠くから見ると、きっと「さよなら」か「あっちにいけ」に見えたことでしょう。

「わしは、セニョール・ミネからクビにされたのかと思いましたよ」

そう言ったスーソさんの表情は、誤解が解けて、すっかり明るくなっていました。

大人がよく話す「文化がちがう」という体験を、慎ちゃんがしたのはこれが初めてでした。同じ人間なのに、住んでいる場所、ちがう言葉だと、手招きくらいの簡単なジェスチャーでも、ずいぶんちがうことをこのとき初めて知りました。これは、慎ちゃんにとても強く印象に残ったでき事でした。

(五) 譲二ちゃんの名演説

ラ・ビビアのマリア先生の指導で、譲二ちゃんはどんどんスペイン語が上達していきました。覚えている単語の数は、慎ちゃんの方が多かったのですが、発音は慎ちゃんよりずっと良かったようです。マリア先生はそんな譲二ちゃんに、あるところで演説させることを思いついたのです。

ちょうどそのころ、ダハボン市の大公会堂で、年に一度行われる政治演説会が予定されていました。マリア先生は、その演説会に譲二ちゃんを出そうと思いついたのです。

父さんと母さんは、途中で譲二ちゃんがどもると考えて、乗り気ではなかったようです。でも……。

「ジョージはしっかり話せます。安心してください」

というマリア先生の熱心さに負けて二人はおれました。

演説会の夕暮れになりました。家族全員、馬車にゆられてダハボン市まで行きました。

公会堂はシモン・ボリーバル校の前の公園をはさんだ反対側にありました。

正面玄関の入り口に、「建国の父」と呼ばれている背広姿のトルヒージョ大統領の大きな写真があり、入って来る人たちを見下ろしていました。

公会堂に入ると、正面のだん上のかべに、今度は大きな軍服すがたのトルヒージョ大統領の写真が飾られていました。羽つき帽子をかぶり、もうそれ以上はつけられないというほどのくん章が胸からぶら下がっています。

会場のなかは着かざったしん士しゅく女であふれんばかり。男の人たちのほとんどが、口ひげをはやしています。女の人は、まるでアメリカ映画で見るような、派手な色の服装で、スカートがピカピカ光っていました。

しばらくすると、開会宣言のあと市の名士たちの演説が始まりました。

体がゴツゴツした人、髪の毛がほとんどない人、胸に何か光るものがついた服装の人、口ひげとあごひげのついた、見るからにえらそうなおじさんたちが何人も何人も続いて出て来ました。

みんな、こぶしを高く振りあげ、テーブルをたたいたり、オーバーな身ぶり手ぶり。声は信じられないほど大きくなったと思ったら、今度は小さな声。

そんな人たちが、つぎからつぎに演説をしていくのですが、演説が終わるたびに、

「ビーバ、トルヒージョ！」（トルヒージョ大統領ばんざい！）

という言葉が入りました。その言葉を聞いた大人たちは、まるで魔法のじゅ文にかかったかのように、

「ウォー」

とさけびながら、立ちあがります。そして、手が痛くて、もうそれ以上拍手ができなくなるのじゃないかというほど長い間それは続きました。

そしてついに、「本日の特別ゲスト」として、日本から来た譲二ちゃんの番になりました。

譲二ちゃんがステージの中央に出てきて、話し始めました。

「セニョーラス　イ　セニョーレス！」（しゅく女、しん士のみなさま）

こんな切り出し文句で演説を始めました。そのとたん、母さんたちの心配などすぐにふっとびました。

いつもの譲二ちゃんとは思えない、りんとした、すき通って区切りのある大きな声がしんとした会場中に響きました。そのあとはペラペラと流れるようにしゃべり始めたのです。

「ぼくたちは、日本から移住者としてダハボン地区に来ました。ここでがんばって、ドミニカ共和国の役に立つような、市民になりたいと思います」

そんな内容でした。

話し始めてすぐに、みんなは日本から来た小さな子どもが、ドミニカ人なみの発音と、よどみない話し方に舌を巻いたのです。

「ブラーボー、ブラーボー！」

声援と拍手で公会堂中がうまりました。

やっと拍手がおさまったとき、譲二ちゃんの演説も終わって、

「ビーバ、トルヒージョ！」（トルヒージョ大統領ばんざい！）

とさけんだところでした。

みんなには譲二ちゃんが何を話したのか、たぶん、くわしい内容はまったく聞こえなかったと思います。でも、またあの最後の魔法のじゅ文を聞いたとたん、ピーピーと指笛までふいて、会場総立ちの拍手大かっさいになりました。

「あなたたちの息子さんですか？　すばらしい演説でした。息子さんをほこりに思っていらっしゃることでしょう」

しん士しゅく女たちが近づいてきて、口々に、父さんにあく手を求めたり、女の人たちは母さんのほおに何度もキスをします。父さんと母さんはこの一晩だけで、一生分のあく手とキスをされたことでしょう。

マリア先生は、演説を終えた譲二ちゃんがちっ息するのじゃないかと思うほど、ギューと抱きしめていました。

譲二ちゃんは名前も外国風だったし、色白で、かわいいえくぼが両方のほっぺにあったので、しばらくダハボンの話題の中心になりました。そして、この夜をさかいに、話す自信を持った譲二ちゃんのどもりぐせも、急速に治って行ったのです。

第五章

(一)不思議なうき島 1

仲間たちみんなで釣りにでかけることになりました。譲二ちゃん、それに譲二ちゃんと同じ年のケイちゃんも、初めて加わりました。

東の空がうっすらと黄金色になったころ、母さんのちょっと心配そうな、(行ってらっしゃい)、を背に家を出ました。

まだ西の空には星々が輝いています。

ミミズは前の日にとっているので何も心配はありません。釣った魚をいれるサーコ(米や落花生をいれる長さ一メートル、幅五十センチほどの麻袋のこと。米なら五十キロ入ります)には、母さんが用意してくれた二人分の弁当と、釣り道具が入っています。弁当の中身は、ご飯とキャベツのつけもの、それにこんがりあげあがった好物のサルチチョン(サラミソーセージ)。朝食は居間の屋根から下がったバナナです。

いつものように、ジューカの家の玄関前に集合しました。コロニアから北へおよそ数キロ離れた沼へ釣りに行く計画です。ジューカ、ノーマン、ポジート、ケイちゃん、譲二ちゃん、そして慎ちゃんの六人が集まりました。

はるかかなたに見える東の水平線の空が、ずいぶん明るくなってきました。あと一時間もしないうちに日の出です。

コロニアを出たあと、一直線の道を歩き始めました。トラックが一台通れるような、赤ちゃけた、ほこりっぽい一本道を進みながら、みんな道いっぱいに広がって、冗談をいったり、ふざけておいかけっこなどしていました。でも、途中から左におれて、一列でなければ進めないジャングルの中のせまい道にさしかかるころになると、もくもくと先を急ぎました。

(日の出までに沼につこう)

みんなそう考えていたことでしょう。なぜなら、この辺りでもとくに変わった沼へ向かっていたからです。

そこには、うき島がありました。水面にただよう水草や、岸辺の枯れたアシが集まり、その上にまた草やアシが生えて、しだいに大きなかたまりとなった島でした。

うき島たちは、夜のうちに南側の岸辺にふき寄せられ、日中は逆風にふかれて岸から離れます。その沼の周りには、枯れ木がたくさんありました。その木にシラサギが群生していて、太陽がまだのぼっていないときは、まるでこんもり雪をかぶったお化けのように見えます。

時折、何かに驚いたシラサギがいっせいに飛び立つと、ちぎれた大きな雪の固まりが、空中でキラキラとおどっているようです。

慎ちゃんたちは日ごろの経験から、いつごろが一番そのうき島に乗りやすいのか知っていました。

太陽がのぼって島が岸から離れていると、少し泳がないといけません。そんなときはヒルたちに、血をたっぷり吸われるのを覚ごしたほうが良さそうです。夜気に冷えた水の中に、急いで歩いて行って、十分に温まった体をひたすのは、まるでヒルたちに、「食べてちょうだい」とわが身をいけにえにするようなものなのです。

慎ちゃんは自分の体中に黒く群がるヒルの姿を想像すると、ブルッと身ぶるいしました。

突然、だれかが、

「ヘビだっ！」

とさけびました。

みんなが隊列をくずして、声に吸い寄せられて集まりました。

さけんだのはノーマンでした。

三十センチくらいのしまヘビが、先頭を歩いていたノーマンの少し前方の道に横たわっていたのです。

ヘビは本当にどこにいてもきらわれる運の悪い動物。ヘビの代表として、ここでもそのヘビは不孝な目にあうことになってしまいました。

ジューカがその辺でひろった小さな棒を投げつけると、まともにそのヘビの頭に命中。ヘビはしばらくの間、くねくねとのたうち回っていたのですが、そのうち動きがにぶくなって静かになりました。

回りでこわごわ見ていたみんなは、近くでひろって来た小枝で、こうたいごうたい、生きているかどうかへっぴりごしでつついてみました。でも、ヘビが反撃する様子がないと見てとると、急にみんな勇気がわいてきて、手近な小石を投げつけたり、枝で親のかたきのように、そのヘビをバシバシとたたきました。ヘビの内臓が飛び出した時点でたたくのをやめました。

ヘビたたきにあきたみんなは道を先に進むことにしました。

「ヘビの皮をはぎとって財布にいれとけば、大金持ちになると父ちゃんがいっちょったぞ」

と、だれかが言いましたが、だれも返事をしませんでした。どうやらみんな慎ちゃん同様、ヘビを殺してあと味が悪くなってきたらしいのです。しばらくだれも声を出さずにだまって歩いていました。

大きな道から小道に入ってかなり歩きました。もうとっくに沼に着いていてもおかしくない時間です。でも、沼のほとりになかなかつきません。遠くで、かすかにシラサギたちのかん高い鳴き声は聞こえてきます。

(おかしいなあ)

森の中の明るさから判断すると、もう太陽はとっくにのぼっているようです。ところが、今度はノーマンと交代して先頭を歩いていたジューカが、

「ううっ」

と、うめく番になったのです。

(二) 不思議なうき島 2

（一番年上で、たよりがいのある、あのジューカがうめくっちゅうのは、どんなことが起きたんやろう）

みんながジューカの後ろから、こわごわとのぞきこみました。そこには何か見おぼえのあるものが……。

「これ、さっきの、ヘビじゃないかあ～」

ポジートがうわずったすっとんきょうな声をあげました。みんな信じられない、といった顔です。

「どこで道をまちがえたんかなあ」

ジューカがひとりごとのように言いました。

その声でなんとなくみんなの気持ちが少しは落ち着いたようです。でも、心の中ではみんなきっと怖くてふるえていたことでしょう。

今度は、先頭を慎ちゃんが行くことになりました。ちがう人が先に行くと、道をまちがえないかもしれないので。

ヘビの死がいのそばをこわごわと回り道して、十メートルほど進むと道が二つに分れていました。

「ねえ、ジューカ、さっきどっちへ行った?」

「さあー、どっちだったかなあ」

「こっちやったと思う」

ノーマンが左方向をさしました。

「いや、こっちやったよ」

ポジートが右の道をさしました。

沼の方角からいえば、多分右方向に進むのが一番正しいようです。慎ちゃんはポジートがさした道を選んで進むことにしました。みんながゾロゾロとついて来ました。

（もうそろそろ沼が右がわに見えてもいいころなんやけど……）

そう思っていると……。

今度は慎ちゃんがジューカ以上のうめきをあげる番になってしまったのです。

なんと……。

またあのヘビの死がいです。どう考えても信じられません。背筋にゾゾゾッと悪寒が走りました。

一番年下のケイちゃんは、もう半べそをかいているようです。譲二ちゃんの顔も真っ青。みんなの目がきょうふでつりあがっていました。

（ヘビのたたりだ）

おそれおののいている形相でした。

「よ～し、今度はぼくが行く」

ポジートが小さな体をねじりながら一番前に来たので、慎ちゃんはポジートに先頭をゆずりました。

ポジートは分れ道で今度は左の道をとりました。

しばらく歩きます。もう二回も怖い目にあっているのです。慎ちゃんはさっきの道と同じ場所を通っていないかどうか、草、木、一本一本の特ちょうを確認するほどの慎重さで、左右をみながら歩きました。

今度こそ大丈夫。前に見た木や草はないようです。

でも……。

「ぎゃー」

ポジートが特ちょうのあるかん高いさけび声を発して、後ろに飛びはね、慎ちゃんにどんとぶつかったのです。

何万匹ものヘビの死体を見たようなきょうふのさけび声でした。

さっきと同じ姿で、やはりあのヘビの死がいが……。

(ぼくたち、一体どうなったんやろう)

ヘビの死がいから遠く離れ、みんなは集まってひそひそと相談を始めました。

だれも(キツネがばかした)とか(ヘビのたたり)とか、言いませんでしたが、慎ちゃんは心の底で、ひそかにその可能性も信じていました。よく考えてみるとこの暑い国にキツネなんか住むわけがないのに。

太陽はもうかなり高いところにあるようです。だれでも太陽を見れば、方角とおよその時間の見当がつく子どもばかりです。でも、うっそうとしたジャングルの中では、太陽の方向があいまいで、沼の方角が定めにくいのです。

　密談の結果、もう一度注意しながら左の方へ行ってみよう、ということになりました。

　またジューカが先頭に立ち、後ろにポジート、ノーマン、ケイちゃん、譲二ちゃん、そしてしんがりを慎ちゃんがとりました。もうみんなは少しつかれていて、とぼとぼという足取りです。

　まず左の道。そして真っすぐ進む。

（何か変。真っすぐの道のはずなのに。先頭のジューカの後ろ姿が、はっきり見える。そうなんや、道は少しづつ左にカーブしているんだ）

　慎ちゃんはジューカに大声でたずねました。

「ジューカ、少しづつ左にカーブしているみたいだよ。どこかにそれる道、ないっ？」

　どうやら慎ちゃんが聞いている意味が分かったらしく、振りむいて大きく手をあげニッと笑顔を見せました。

　やはり右手にわき道がありました。それは、一雨ごとにすぐのびる亜熱帯の草にかくれていたのです。

「あった、あった！」

　ジューカが明るく答えました。

　みんなの足どりは急に軽くなり、やっとのことで沼に着いたころ、太陽は、すっかり昇っていました。

（こんなにおそくなっても魚、釣れるかなあ）

みんなきっとこんな気持ちだったことでしょう。

ラッキーなことに、うき島はまだ岸にありました。

全員、島に急いで乗って、釣り場探しを始めたのですが、そのあとまたまた思いがけない事件が起こったのです。

(三) 不思議なうき島 3

沼に着いたとたん、全員がさっきまで怖くて顔が引きつっていた子はだあれ、という表情になりました。

うき島は幸いまだ岸にあったので、みんなは長ぐつに水が入らないよう、腰をうかすような姿勢で、一人ずつ慎重に慎重にうき島に近づき、あがって行きました。

ブヨン、ブヨン
歩くごとに島全体がゆれて、まるで大きなゴムまりの上を歩くようで、気持ちがいいのです。

みんなこの感覚が大好き。

(こんなに気持ちのいい乗り物がこの世にあるだろうか)

「うわっ」

調子にのりすぎたノーマンが、右足をずぼっと草の中につっこんでしまいました。大変。もし、体中すっぽりうき草の下にかくれたら、出口が分からなくなっておぼれ死ぬことだってあるかもしれません。

ノーマンはあわてて足をぬこうとしましたが、もがけばもがくほど体全体がかたむいていきます。

慎ちゃんがあわててノーマンの手を引っ張っていると、先に歩いていたジューカとポジートが急いでもどってきて、三人でノーマンの体をよいこらしょっと引きあげました。

ノーマンは虫歯だらけの口をニヤニヤさせながら、照れくさそうに頭をかいています。でも、こんなスリルがあるからこそ、ここはいいのです。魚を釣るだけだったら、もっとよく釣れる場所はいくらでもほかにあるのですから。

ここには、子どもたちが思いもしない冒険がたくさんあったのです。

突然、足長バチにさされたとき以上の劇痛が、慎ちゃんの右足の指先に走りました。

タンゴ！

とっさに分かりました。この大きなアリにかまれるのはこれで二度目なです。水に落ちるより、もっといやなことが起きてしまいました。慎ちゃんはうき島にドンとしりもちをつくと、もう無我夢中で長ぐつをぬぎ始めました。

体長二センチほどの大きな黒いかたまりが、慎ちゃんの足の中指に食らいついていました。手でバチバチと、そのタンゴをたたき落とそうとしましたが、なかなか離れません。

もう一度思いっきりひっぱたくと、それは、頭だけ残して、慎ちゃんの足の指からちぎれ落ちました。

タンゴは深々と慎ちゃんの足の指の肉に、自分のがんじょうなあごを食いこませていたのです。ですからきつくたたいてもどう体と頭がちぎれるだけで、なかなか頭までいっしょに取れません。これがタンゴのしぶとさで、この巨大アリがとくに人ににくまれる理由でした。

とにかく、このタンゴはだれからも怖がられていました。だから亜熱帯の国にいるのに、まるで雪国の子どもたちのように、全員長ぐつをはき、その上からズボンをかぶせ、ひもでくくっていたのです。事情を知らない人が見たら、その姿にきっとびっくりするでしょう。

でも、こんな重装備をしていても、タンゴから完全に身を守るのは不可能に思えました。どう体がなくなったタンゴは、まだしつこく慎ちゃんの足の指にくらいついています。まるで馬の耳の血を吸っているダニをはがすように、慎重に手の指に力をこめてはがしました。

突然、ささっていたとげがぬけたかのように、ポロッと離れました。

血は少し出ましたが、ハチにさされたときほどはれなくても、痛みはなかなか消えませんでした。

みんなが心配そうにのぞきこんでいました。ここに来たければ、いつかはだれだって経験しなければならない洗礼みたいなものなのです。慎ちゃんは運悪く二度も経験してしまったけれど。

でもでも、こんなことくらいでは、このお話は終わりません。一生忘れないような経験を、この場にいた子どもたち全員が、すぐに体験することになるのですから。

(四) 不思議なうき島 4

「うき島での釣りは日本のわかさぎ釣りにちょっと似ているよ」

だれかがそう説明してくれたの覚えています。慎ちゃんはわかさぎ釣りの経験はないけれど、日本にいたとき、映画のニュースか何かで見たので、想像はつきました。大きなちがいは、氷に穴をあけるのか、草の根っ子のかたまりにあけるのか。

うき島に着いたらまず釣り場を確保することです。

めいめい適当に離れた場所を決めて、まずその辺の背の高い草を踏みたおします。できるだけ草を束ねて、自分の足もとをしっかりしておかないと、さっきのノーマンのような目にあうからです。

慎ちゃんは譲二ちゃんをつれて南側に陣どりました。

釣り糸を遠くに投げるとき、針が後ろの草によくひっかかるので、二人は周りの草をできるだけ広くていねいにふみ倒しました。

今日の譲二ちゃんは、ふだんの牛年のゆったりした動きとはちがっていました。いつもよりきびきび動いて、お兄ちゃんのお手伝いをしてくれています。

まず、サーコ（麻袋）からリールに巻かれたテグスをとり出します。このころ、子どもたちはだれもさおの使い方を知りませんでした。だから、手作りのなまりの重りをテグスにうまく通してくくりつけ、それをぐるぐる回転させて投げるのです。

譲二ちゃんからミミズの入った缶を手渡してもらった慎ちゃんは、中からひと握りのミミズをつかみとると、目の前の沼にバッとばらまきました。こうすれば魚が寄って来るからです。

朝日に反射する銀色の釣り針に、まだくねくね動くミミズをさしたあと、ちょっと離れたところにポチャンと釣り針を投げこみました。

緑がかった色の湖底に沈んで行くミミズを追いかけて、小魚たちがいっしょに沈んで行きました。きっと怖さ知らずの小魚たちが、チョンチョンとミミズをつついているのでしょう。指に、クンクンという感じの、かすかな手応えがあります。

慎ちゃんは時おり釣り糸を引っ張ってさそいをかけてみます。

突然、テグスが右手の人差し指にくいこむほどグイと引っぱられました。大きな魚が一息にえさを飲みこんだのでしょう。慎ちゃんは思いっきりテグスをしゃくりあげました。

魚のあごに釣り針がグッとひっかかる手応えがありました。それはにげようともがき、一瞬テグスがのびました。

(そうはいかんばい)

テグスが足下でからまないように注意しながら、急いでたぐりよせました。

体長三十センチくらいの魚。こんなに大きいのは久しぶりです。

側で見ていた譲二ちゃんが
「やったー」

かん声をあげました。

今日最初の釣りとしては最高のできです。慎ちゃんは弟にいいところを見せることができて、ちょっといい気分になりました。

釣った魚の頭の方から、左手で背びれを慎重におさえていきます。ちょっとでも手をもどすと、するどい大きな背びれが手にささり、いつまでも痛いのです。最初のころ、慎ちゃんはそれを知らずに、何度も手痛い目にあっていました。

釣り針を魚からはずすと、さっそくサーコに魚をいれ、水中にひたしました。

自由になったと錯覚した魚は、サーコの中で勢いよく泳ぎ始めました。そのたびにサーコは左右にゆれました。


この日はヘビにたたられ、おそく沼に着いたにしては、みんなよく釣れました。全員サーコの半分くらいは釣れているようでした。

おなかがすきました。太陽が真上に来て、魚がえさを食べなくなったのを合図に、みんないっせいに弁当の時間にしました。

たくさん釣れただけに、母さんの作ってくれた弁当はよけいにおいしく感じたものです。

飲み水は沼の水です。この国では田んぼの水だってきれいに見えれば飲むのです。それくらいしぶとくないと生きてはいけません。

食事のあと真っ先にノーマンが泳ごうと提案しました。

真昼の太陽が慎ちゃんたちの頭を直撃し、髪の毛でもこがしそうな暑さ。

（だけど、ヒルはどうする）

みんなそう思ったことでしょう。でも、すずしそうな水のゆうわくにはだれも勝てません。それに、うき島は岸から十メートルくらい離れているので、夕方になって、うき島が風にふかれて岸に着かなければ、どっちにしても水につからなければならないのです。

全員、すっぱだかになって勢いよく水に飛びこみ始めました。南国の太陽に温められた沼の水はほどよい暖かさでした。

（これならヒルも体温を感じて寄って来ないのじゃないかなあ？）

慎ちゃんたちは、ぺこぺこのお腹を満たした満足さと、魚を大量につったうれしさで、いつも以上にはしゃぎまわっていました。

ポジートとジューカが近くの枯れ木から飛びこみ始めました。みんなはすぐに二人のまねをし始めました。

枯れ木からのジャンプは最高。水中の枯れ木の枝をさけながら、少々深く飛びこんでも、沼の底につく心配はありません。

譲二ちゃんも、大きな音をたてて飛びこんでいました。でも、泳いでいる慎ちゃんには、弟がどれほどもぐったかは見えません。

かなり深くもぐったのでしょうか、もう出てきてもいいころなのに、譲二ちゃんはなかなか出て来ないのです。

（何かあったんやろうか？）

とても心配になってきました。だって、譲二ちゃんはまだ犬かきしか知らないのですから。

大変なことがあったのでは……。

(五) 不思議なうき島 5

木の枝からつぎに飛びこむ準備をしていたケイちゃんが、枯れ木の上から口をぱくぱくさせながら、

「じょ、譲二ちゃんが」

とさけんだとき。

「ブワワッ!」

譲二ちゃんが突然カバのように水の中から出てきたのです。目は真ん丸に見ひらいていました。

譲二ちゃんはむちゃくちゃな犬かきで、枯れ木の枝に泳ぎ着いたと思ったら、水をゴボゴボはきながら泣き始めました。

「どうしたん?」

みんなが心配してたずねると、

「木が、木が……」

泣きじゃくりながら答えました。

「もぐったときい、頭の上に枯れ木があってえ、それがじゃましてえ、うきあがれなくてえ、もう死ぬかと思ったあ」

青ざめて、鼻水をたれながらみんなに説明してくれました。

譲二ちゃんのこの「おぼれかけ事件」をしおに、およぎをやめて、帰ろうということになりました。

ゆらゆらゆれるうき島の上にみんなあがったとき、慎ちゃんが何げなく見たケイちゃんの下半身に、何かみょうな黒いものが、くっついているのに気づいたのです。

みんなの視線に気づいたケイちゃんも、それをながめました。そのつぎに、ケイちゃんが発した声は、慎ちゃんたちがこれまでの、いやこれからの人生でも聞く悲鳴の中で、一番立派なものだったでしょう。

周りの枯れ木に巣くっているシラサギたちぜーんぶよりも、大きな大きなりっぱなさけび声でした。

「ギギャー」

でも、慎ちゃんだって、いや、一番年上のジューカだって、こんなときは、ケイちゃんと同じくらいさけんでいたと思います。

なんたって、ケイちゃんのおまたの間にぶら下がっている、小さなしっぽのようなあそこの先っぽに、ヒルが一匹吸いついていたのですから！

ケイちゃんはそいつをぐいぐい引っぱりました。今風に言うと、パニクっていました。でも、ヒルはなが～くのびるだけで、絶対に離れようとはしません。それは、ケイちゃんのそれと、完全に一体になっているように見えました。

ノーマンは言わなくてもいいのに……。

「そのヒル、中に入って行くんとちがうか」

かわいそうなケイちゃんのきょうふは、そのひとことで極度に達しました。あわをふいて、ひきつけを起こしてもおかしくありません。

あんなところに吸いつくなんて。見るのも、聞くのも初めて。慎ちゃんのタンゴなんかへのかっぱです。

場所が場所だけに、最年長のジューカでさえも手を出しにくかったのです。それでもみんなは取ってあげようと、あらゆる手をつくしました。でも、ヒルはまったく縮こまり、おまけにぬるぬるしているので、三人みんなでいっしょにつかむなんて、できっこありません。

ケイちゃんはたきのように流れる涙をぬぐいながら、イヤイヤしています。

すると……。

突然、ぬっと、ドミニカ人のおじさんがタバコをくゆらせながら、うき島の草むらの奥から出て来ました。

みんな驚いたのなんのって。そんな近くに、大人がいたなんて。そして、さらに驚いたのは……。

そのおじさんはいとも簡単に、そのヒルを取ってしまったのです。まるで手品のように。

おじさんは吸っていたたばこを、ヒルの体にねじこみました。ヒルだってそれを見ていた子どもたち以上にびっくりしたことでしょう。

熱いタバコをおしつけられたヒルは、ポロリとケイちゃんの大事な部分から離れました。

あっけにとられて、みんなはポカーンとそのおじさんを見ていました。

ただ、ケイちゃんの泣き声は、ヒルが取れたくらいでは止まりませんでした。ケイちゃんの大事なところから、真っ赤な血が流れていたからです。

でも、大きい子どもたちはみんな知っていました。それはヒルが力いっぱい吸ったので、血がにじみ出ているだけだっていうことを……。

ドミニカ人のおじさんは、

「エスタス　ビエン？」（大丈夫？）

ケイちゃんの顔をのぞきこんで頭を軽くなでたあと、うき島の奥の方へ、来たときと同じように、またブヨンブヨンと消えて行きました。

（今日は、なんといろんな事件があったんやろう）

慎ちゃんはそう思いながら、重いサーコを引きずるようにして家路についていました。きっとみんなも同じ気持ちだったと思います。

（家までこんな重いサーコを持って帰るなんて、いややなあ）

あのヘビの死がいのそばに来たとき、みんな見ないふりして遠まわりをしました。

そこを過ぎて、大きな道に出ると広い青空が見えました。やっとヘビとタンゴとヒルののろいから解放されたのです。

「ハア～」

みんなのため息です。

でも、それだけでは、釣れすぎて重い魚たちから解放されるわけじゃありません。

砂地の道に、みんなが引きずるサーコのあとがずうーっと長く後ろに続いていました。

慎ちゃんはサーコが破れて全部なくなるよりはましと考えて、小ぶりの魚だけすてました。ほかのみんなも同じようにすて始めました。くたくたになって、家にたどりついたときは、もう夕暮れで、サーコの中身は最初の半分くらいになっていました。

第六章

（一）月夜のカモ退治

慎ちゃんがこの夏休みにしたのは、何度も釣りに行って、ペロータをして、田んぼを耕して、家族全員で田植えをしたことでした。

ただ、田植えを終えたあとで、やっかいな問題が持ちあがりました。

「困ったもんだ。カモたちが田んぼに降りてきて、せっかく植えた苗が台無しになっちょった」

ある日、父さんがカンポから帰ってきて母さんにこぼしました。

「なんとかせんと、うちのイネは全めつばい。月夜だったので、月光りが田んぼの水面に反射して、沼とまちがえるんやろう」

これは一大事。

父さんが、スーソさんに相談すると、

「そんなときはアロス（イネ）が少し大きくなるまで、毎晩、番をするしかない」

「そんなわけで、今晩からしばらくてつ夜でカモの番だ」

カモなど見たことがありません。ドミニカ共和国に来てから、毎晩のように「キー、キー」と群になって家の上空を飛んで行くカモを、「吸血鬼」とまちがえたことがあったので、どんな鳥なのか見たくなりました。

「父さん、いっしょにカンポでてつ夜させて」

「おお、いいよ」

「やったー！」

慎ちゃん、初めてのカモ退治です。

夜のカンポは、昼間の暑さがうそのように快適。でも、蚊の大群が問題です。蚊よけのために長ズボンと長そで、それに首をさされないようにタオルを巻いて万全の準備をしました。それでも、厚めのズボンの上から蚊たちはようしゃなくさしてきます。日本にいたころは、蚊にさされたらかゆいだけだったのに、ドミニカのはもうれつにかゆくなるばかりか、さされた瞬間痛いのです。

「ドミニカの蚊はスズメみたいに大きいばい」

かなりオーバーですが、父さんがそう言いたくなるほど本当に大きいのです。

そんな蚊の大群をあらゆる手段でおっぱらいながら、父さんと忠夫おじさんと、慎ちゃんはカモが飛んで来るのを、小屋の中でしんぼう強く待ちかまえていました。

きれいな満月の夜でした。まるで昼間のようにはるか遠くの景色まで見えます。すべてが銀と黒の二色の世界です。

ときおり、上空をカモたちが鳴きながら通り過ぎて行きます。

「ブエナス　ノーチェス　セニョーレス」（こんばんは、だんなさんがた）

スーソさんが、わざわざ手伝いに来てくれました。

そのスーソさんが手に何か長いものを持っています。

「スーソ、何を持ってるの？」

首をかしげながらたずねると、

「ああ、これはね、パーロ（棒）だよ」

スーソさんが手に持っているものを見せました。

四十センチほどの、ただの棒切れです。

「何に使うの？」

「これで、カモを落とすのでさ」

父さんも、忠夫おじさんも、慎ちゃんも冗談だと思ってふきだしました。

三人が、本気にしていないのが分かったスーソさんは、

「本当でさ、セニョーレス（だんながた）……。まあ、見てなさい」

こんな話をしていると、

「ほら、カモがやってきた。しゃがんで……」

四人のうちのだれよりも目のいいスーソさんが声をひそめました。

目がいいのはスーソさんばかりじゃありません。多くのドミニカ人たちは、慎ちゃんたち日本人が、どんなに目をこらしても見えないような遠くにあるものを、しっかり区別できていました。

スーソさんが注意したように、黒かげの群がザーッと田んぼの上にまい降りてきました。

すると、スーソさんはスックと立ちあがるや、手に持っていたパーロを数回ブルンブルンと振り

回すと、その黒かげたちに向かってすばやく投げつけたのです。

パーロはシュルルンという軽いうなり音をたてて、月光の中を回転しながら飛んで行きました。

「バサッ」

音とともに、かげが一つ、田んぼの中に落ちました。今にも田んぼに降りようとしていたほかのカモたちは、いっせいに悲鳴をあげながら、あわててどこかへ飛んで行きました。

「当たった、当たった！」

慎ちゃんは大急ぎで、カモが落ちたと思われる地点へ走りました。

一羽の鳥が、あぜ道から少し離れた田んぼの中でもがいていました。

スーソさんが、ズボッと田んぼの中に入ってそのカモの首をつかまえ、高々と頭まで持ちあげて見せました。それはニワトリよりもずっと大きい鳥でした。

カモは足をばたつかせながら、つめでスーソさんのうでを引っかこうとしています。スーソさんが、その首を持ったまま、グルグルと何回か振り回すと、すぐにおとなしくなりました。

スーソさんがカモ料理にしたらとすすめるのを、父さんがていねいに断ると、自分の役目をはたしたスーソさんは、カモをぶら下げて家にもどって行きました。

そのあと、三人で近くにあった棒切れを拾ってきて、カモが来ないか、とねむいのをがまんして待ちかまえました。でも、そのうち東の空が白々となって、生まれて初めてのカモ退治は、スーソさんの一羽で終わりました。

父さんと忠夫おじさんは、何日間か夜になるとりっぱなパーロを持って、出かけて行きましたが、どんなにりっぱなものを用意して、何度もカモの群に投げても、一羽も落とせませんでした。

「兄さん、スーソのあれは、ひょっとしたらまぐれじゃなかったんやろか」

忠夫おじさんがたずねました。でも、そうではないと慎ちゃんは思うのです。

父さんたちがパーロを投げたときのうなり音は、スーソさんのときとはまったくちがっていたからです。

二人が投げたら、「フンフンフン」くらいの音なのに、スーソさんのは「ブルルルン」。まるでヘリコプターのような音。だから、田植えあとの月夜に幾度カモ退治にでかけても、一羽も落とせなかったわけです。

じゃあ、あとから成功したかって？

とんでもない。

あきらめて、声が嗄《か》れるまで、おどかすだけで終わったのでした。

(二) メレンゲ

「ドミニカには世界にほこるものがいくつかある」

慎ちゃんはしばらくたって知りました。

まずは、ドミニカ共和国の国技ともいえる野球です。アメリカ野球の大リーグで多くのドミニカ人が活やくしています。

つぎは、コロンブスの墓。新大陸を発見したコロンブスはドミニカが好きだったので、この国で亡くなったそうです。だから、その遺体の一部が首都に安置してあるそうです。

もう一つドミニカ人の自慢は、新大陸で一番古い大学がドミニカに建てられたこと。

そして最後に、文化的な面では、十八世紀ごろ発展したメレンゲ音楽がなんといっても有名でしょう。

土曜の夜ともなると、どこからともなく、いつも「シャーン、シャカシャカシャーン、ドコドコドン」と忙しくくり返すドラムと、空き缶にクギで穴をあけ、細い鉄の棒でこすって鳴らす楽器のグイロとアコーディオンのメロディーが聞こえてきます。

ある夏の日曜日。家の野良仕事の手伝いをしてくれるスーソさん宅に、家中のみんなが夕食に招かれました。慎ちゃんがドミニカ人の家に入るのは、これが初めて。遠くからいつも見ていたので、なんとなく想像はついていましたが、やっぱり実際に入ってみないと分からないものです。

「ぼくの家はスレートでできているけど、スーソさんのはなあに？」

「ああ、この国の農家はほとんどヤシの木さ。屋根はぜんぶヤシの葉だし、かべはその幹の板。ヤシの木はどこにでもふんだんにあるから」

家の中は、慎ちゃんの家よりも冷んやりしていました。

「ここ、すずしいねえ、母さん」

「そうね、ほら、泉水《せんすい》のおじいちゃんのところのように、土間だからじゃないかしらね」

泉水のおじいちゃんというのは、母さんのお父さんで、福岡県に農家を持っていました。

(おじいちゃんの家は、百年くらいたっているんよ)

親せきの人がそう教えてくれたことがあります。入り口が土間になっていて、夏にははだしでペタペタ歩くと、冷たく気持ちよく、慎ちゃんはただそれだけでもうれしくて、よくその上を歩いていたものです。

おじいちゃんの家とちがうのは、スーソさんのはすきまだらけ。天じょうが慎ちゃんの家と同じようにありません。だからでしょうか、しきりのない二つの小部屋の上からすずしい風が降りてきました。

真夏の昼下がり、必ずといってもいいほど降るスコールでも、一てきの水ももらさない、というのが、スーソさんの自慢です。

慎ちゃんはスーソさんが何歳くらいなのか、さっぱり分かりませんでした。スーソさんのはだはチョコレート色で、しわも多い。よれよれの半ズボンから出ているごつごつした両足はしわだらけなので、参考になりません。

でも、今日、同じようなはだをした奥さんと、小さな子どもたち二人にあって、どうやら自分の両親よりもずっと若そうだと思いました。

夕食は、米と鳥肉料理のアロス・コン・ポージョ、それにちょっと固めのパン。そして、土間の大きなはちの中からくんだコップ一ぱいの冷たい水。

質素でしたが、スーソさんたちの心のこもった料理は、チラチラゆれながら燃える石油ランプに照らされ、蚊にさされながらでも、慎ちゃんはとてもおいしくいただきました。

食事中、両親はつたないスペイン語で、よくしゃべっていました。でも、話の内容は、田んぼに来る水が少なくなったとか、馬の世話の方法などだったようです。

食事のあと、砂糖がたっぷり入った炭色のコーヒーが、小さな白いカップに入って出てきました。でも、それは父さんと母さんだけ。子どもにはきつすぎて、飲ませてはいけないのだそうです。

「子どもがこれを飲むと、カベーサ（頭）がローコ（気ちがい）になるんでね」

スーソさんが、申し訳なさそうに慎ちゃんに言い訳をしました。でも、鼻の奥までしみこみそうな、そのおいしい香りは、どうやら、父さんや母さんが日本で飲んでいたコーヒーとはずいぶんちがうような気がしました。

（大人っていいなあ、好きなものが飲めて）

慎ちゃんがそう思っていると、外から大勢の人の声が聞こえてきました。スーソさんの犬が、なかなか落ちて来ないおこぼれをあきらめて、うれしそうにしっぽを振りながら、食卓の下から走って出て行きました。

みんなで外に出ると、もう夜なのに、とても明るいのです。庭全体が見渡せるほどまぶしいガスランタンのせいでした。その明かりの中に、知らない大人や子どもたちの顔が、うかんで見えました。

男女合わせて二十人もいたでしょうか。中には、よく見かけるかっ色のドミニカ人とはちがって、真っ黒なはだの人もいました。

男の人の多くが白シャツで、女の人は色とりどりのスカート姿。うす暗い所にいる男の人たちの白い服だけが、宙にういているようで、（透明人間のよう）と慎ちゃんは面白く思いました。

突然、アコーディオンとドラム、それにあのシャカシャカグイロで、メレンゲが始まりました。

スーソさんの親せきや友人たちが、日本から来たイチノスーケ一家に、ドミニカの夜を見せてあげる、と言っていたそうですが、これだったのですね。

初めて見るメレンゲのダンスは、曲に合わせてとても忙しいおどり。スーソさんと奥さんが手に手をとって、腰を振り振りおどり始めました。父さんと母さんが、日本で「芸者ワルツ」の音楽に合わせて、子どもたちの前でおどってくれたことがありました。でも、メレンゲのおどりはまるでそれを何倍も速くしたような……。そう、チャップリンの映画の中に出てくる人たちのように、忙しくせかせかしたダンスでした。

小さな子どもたちも、きびきびおどります。一人でおどる子は、右手をおへそ辺りにおき、左手をまるでだれかと空中で手をつないでいるようなところにおいて、「チャッ、チャッ、チャッ、ドコドコ、チャッ、チャッ、チャッ、ドコドコ」とリズミカルに腰を振っておどっています。

（宝塚にぜったいに入る）

そう宣言して、おじいちゃんとおばあちゃんを困らせた経験のある母さん。慎ちゃんはその人の子。当然、いつのまにかドミニカ人の子どもたちにまじって、見よう見まねでおどっていました。きっとこのメレンゲの演奏は、国境近くに住むお隣のハイチの人たちにも楽しく聞こえたことでしょう。

(三) 防火用水の中のかいじゅう

日曜日の昼下がりにその事件は起きました。

いつも面白いニュースにうえているコロニア中の子どもたちにとって、まるでサーカスが来たような興奮するでき事でした。

あの防火用水プールの中に、

生きたワニが!

そのニュースはまたたく間にコロニア中に知れ渡りました。

「慎一、プールにワニがいるって!」

母さんが昼寝中の慎ちゃんたちを起こしました。

「譲二、まち子、ワニ見たことあるか? あのターザン映画に出てくるワニだって!」

そう言ったけれど、本物が見られるなんてまだ半信半疑。とにかく「急いで急いで」と二人をせかしながらプールをめざしました。

暑い時間に、ふだんなら子どもの遊ぶ姿がまばらにしかないプールの回りに、もう人がきがありました。

慎ちゃんたちは、大人たちの足の間をかいくぐって、プールのへりにあごを乗せて座りました。

見えました。ゴジラの子どものような、本物のワニです。そう、あの動物園でしか見られない、体中がごつごつしたあのワニがいたのです。慎ちゃんたちは息をのんで見つめていました。

プールを占領するほど大きいそれは、十センチあるかないかという水の中にひたっていました。

その中でネコのような目をまばたきもせず、ジィーっとしています。巨大な洗たくばさみのような口をわずかに開き、のこぎりのような歯が並んでいるのが見えます。

「ひゃー大きいのう」

ずぶとい声が慎ちゃんの頭上から聞こえてきました。

「だれがとったんかい」

「マンサニージョの芳丸さんらしいよ。なんでもあそこの河口付近でいけどったそうや」

マンサニージョとは、コロニアから北へ二十五キロのところにある漁港のことです。

「これ食えるんかいのう」

「だれかが言っとったけんど、にわとりのささ身のような味がするそうや」

「ほう、そんなにうまいもんやったら、わしもちくと食ってみたいのう」

大人の会話を耳にした子どもたちはみんなぎょっとして、こわごわと、体をひねって声の主を探しました。

高知出身の中広さんでした。

脂ぎったかっ色の顔は、ぶしょうヒゲがのび放題のび、いかにもワニをむしゃむしゃ生きたままとって食っても、納得がいきそうなおじさんでした。

慎ちゃんはこのワニが、にわとりのようにまるはだかにされ、大人たちに食べられている光景を想像しただけでぞっとしました。

でも、このよろいのような、ぶあつく波打った皮に、ナイフがつきささるとはとうてい考えられません。地球上のどの動物よりも強く、がんじょうで、一筋縄では殺されないしたたかさと強情さが、じっとしているこのワニにそなわっているような気がしたからです。

子どもたちの時間は、ワニと同じようにそこで止まっていました。我にかえったときはもう夕日は西にかたむき始め、回りには大人は一人もいません。子どもの数だけが増えたような気がしました。

だれかがワニに小石を投げつけました。きっと化石のように動かないワニが、本当に生きているのか確かめたかったのでしょう。

石は「コン」という軽い音をたててワニの背中に当たってはじかれました。

……ワニはウンともスンとも言いません……

また、だれかが近くの小石をひろって、もっと強くぶっつけました。

やはり、ワニはまばたきさえしません。

てっきり反撃があると身がまえていた子どもたちは、石を投げても大丈夫と分かったとたん、つぎつぎとプールの回りにちらばっている小石をひろってきては、ばらばらと投げつけ始めました。

もちろん、慎ちゃんも譲二ちゃんも。

ワニはがんこでした。

投げても投げてもびくともしないワニに、みんなしだいに大胆になって、小石がだんだん大きくなり、中にはよたよたしながら重い石を運ぶ小さな子どもまで。

「これって、ほんとに生きてるんかなぁー」

「これあてたらどうじゃろ」

四次の哲也くんが指差した石は、今までで一番大きいものでした。

哲也くんはよいしょとその石をかかえ、プールの真ん中で今やそこのヌシのような雰囲気をただよわせ始めた生きものに向かって、ほうがん投げのようなかっこうで投げつけました。でも、それは哲也くんにはちょっと重すぎたらしくヌシまでとどきませんでした。

だがどうしたことでしょう。「ドッボン」という大きな音に驚いたのでしょうか、これまで頑として動かなかったこのいかついワニが、ついに、バシャンバシャンと尾を横に振ったのです。

「うわあー」

プールの水をしたたかにあびせられた慎ちゃんたちは、クモの子をちらすように、さっとプールから離れました。でも、みんなやっとワニが動いたので、手をたたいて大喜びです。

「キャ、キャ」

まるでおサルさんのように、プールの周りを走り回るちっちゃな子たちもいます。

じゃあ、ワニはつぎにどんな動きを見せるのかな？

みんなはワニがどうするのか、かたずをのんでじーっと見守っていましたが、本当に動いたのはたったそれっきり。そのあと、どんなに石を投げても、ワニはがんとして動きませんでした。

辺りが暗くなり、家々のえんとつからたちのぼる夕げの煙がふえるにつれて、一人二人と子どもたちはあきらめ、みんなの姿がプールの周りから消えて行きました。

慎ちゃんたちは最後までじっと観察していましたが、いつまでも同じ姿勢のワニにしびれをきらして、ほかの子どもたち同様あきらめて家にもどりました。

その夜の食卓は、兄弟妹三人の「今日の重大事件」報告で大いににぎわったものです。

つぎの日の朝。慎ちゃんは朝ご飯をかきこむと、昨日のプールへ急いで行きました。

でも……もう影も形もありません。

いたのは、五、六人の子どもたちだけで、かんじんのヌシがみあたらないのです。昨日みんなで投げこんだ石だけが、あちこちに散らばって、プールの底にしずんでいました。

しばらくするとポジートやジューカやノーマンたちも、ばらばらとやって来ました。

ワニがいないことを知ると、みんな自分勝手な想像をのべました。

「ワニ、にげたんだよ」

とポジート。

「いや、きっと食べられたんだよ」

とノーマン。

ワニが自分でこのプールから飛び出るのは無理なような気がしました。石がばらばらにプールの端まで散らばっているということは、きっとワニが何らかの理由であばれたからでしょう。


ワニの居所が分かったのは数日後。ノーマンが正解です。ワニはあの晩、プールからひっぱりだされたあと料理されて、大人たち何人かの胃ぶくろの中におさめられたのだそうです。

子どもたちは、大人たちっていやしいねえ、とか、ざんこくだねえ、とか、ワニさんかわいそうにね、とか、自分たちがしたことはすっかり忘れ、言いたい放題陰口をたたいていました。

今回の首ぼう者は、北海道出身で、のっぽの武田さんだと、ジューカが情報を持って来ました。この人が、マンサニージョでもらってきたのだそうです。

そう、この事件のあと、武田さんのやせた体がますますやせて見え、もともとごついあごに、不気味さがよけいに加わったような気がして、あのがんこなワニがのりうつったんだよ、と、子どもたちからしばらく気味悪がられました。

㈣マチェーテ（山刀）

母さんが、よく、

「日本の野武士が持つ刀のようやね」

と言っていたマチェーテ。でも、これは本当にドミニカ人にとっては「刀」でもあり、「農機具」でもあったのです。

マチェーテは種植えのときのクワ代わり。先が細いので調理用の包丁や、それほど太い木でなければ、オノ代わりになるので、大変重宝します。

ドミニカ人はこのマチェーテをとても上手に使い分けていました。牛皮でできた細長いさやにさしこんで、腰からぶらさげるのです。そうすれば、両手があくので、じゃまになりません。

このマチェーテが便利だなあと思うのは、草かりに使われているときです。中腰になって、まず最初に右からそれをざっと振りおろします。うでを左はしいっぱいまで振りあげると、ひらりと手をひねりかえして、今度は左から右側に向けてマチェーテを振りもどす。この二振りで、目の前の高い草はザッという音とともに、みごとに目の前から消えてしまいます。

「エーオー」とお腹の底から飛び出てくる太いかけ声は、それはそれは遠くまで届きます。そして、まるでメトロノームで計ったような正確さで、ゆったりと草を刈って行くのです。

慎ちゃんは、日本の泉水のおじいちゃんのところで、親せきのおじさんたちが田んぼのあぜ道の草を、カマで刈っていた姿と比べてみました。そのスピードとはく力は、（カマがスズメのスピードなら、マチェーテはまるでツバメだ）
最初に見たときそう思いました。
ところで、このマチェーテにまつわるこんな話をスーソさんが話してくれたことがあります。

＊＊＊＊＊

いとこにホセという右足だけが白い男がいてさ。このホセからずいぶん前に聞いた話だよ。

マサクレ川に釣りに行ったとき。朝からまったくつれないんで、ふてくされて近くの大木の下で昼寝していたんだと。

ウトウトしてたら、どうも右足がむずむずして生暖かい感じがする。だれかが、足を引っ張っているようだ。目をゆっくり開けながらその正体を見ると、なんと、自分の右足を大じゃが飲みこんでいたんだとさ。

大じゃは、ホセの右足を飲みこみ始めたのはいいんだが、股の所で止まって、それ以上進めんようになっていたんだわさ。

そんな状況のとき、ホセは目を開けた、というわけだ。

ホセは大変勇かんな男でのう。けっしてあわてず、そばにたてかけていたマチェーテをさやからとりだすと、自分の足を飲みこんでいた大じゃの口の中にそれをつっこんで、ゴキゴキと大じゃの体を割き始めたんだと。

大じゃは驚いたじゃろうのう。自分が食べようと思ったえ物に逆に殺されかけるんやから。じゃが、ヘビはにげようにも、もう行き場がないわさ。ヘビっちゅうもんは、いったんえ物を口にいれると、後もどりというか、はくことができんからのう。

とにかく、ヘビは自分が食べようとしたえ物の逆襲にあったちゅうわけさ。

じゃが、やっぱりヘビはおとろしいもんじゃのう。大じゃの腹の中にしばらく入っていたホセの足は、その強れつな胃液でズボンはただれ、チョコレート色の自慢の鋼のような足も色を失っていたんだと。じゃから、今でもホセの右足だけは色が白いのよ。

＊＊＊＊＊＊

スーソさんが話してくれたヘビの話はこんな内容でした。もし、マチェーテがそばになかったら、ホセさんはどうやってヘビをやっつけていたのでしょう。慎ちゃんは、ヘビを見るたびにこの怖い話を思い出しました。

でも、スーソさんをよく知っている父さんによると、

「ドミニカにはそんな人の足を食うような大ヘビはおらんよ。たぶん、面白い話をしてあげようと、慎一に作り話をしたんやろ」

でも、慎ちゃんはジャングルの生いしげるマサクレ川へ釣りに行くたびに、（もしかしたら、あ

れは本当の話だったかもしれない）と思っていたので、いつ襲われてもにげられるように、気をつけながら歩きました。

ちなみに、慎ちゃんの家でもマチェーテを二本買いました。父さんと忠夫おじさんの分です。慎ちゃんは畑に出ると、真っ先に父さんのマチェーテを借りて、あぜ道であろうと、どこであろうと、このマチェーテでドミニカ人のように、大声でリズムをとりながら、雑草があれば刈りました。だから、しばらくすると、大きな声も出るようになっていました。

そして、驚いたことに、両方の手のひらにできた豆がつぶれたあと、カミソリでその皮をそり落としても、血が出ないほどその皮がぶ厚くなっていたのです。

(五) モスキート退治

ドミニカ共和国は赤道から近いので、年中暑く、慎ちゃんたちが住んでいるコロニアは一番寒いときでも二十五度ちかくありました。

真夏は、車のボンネットの上で簡単に目玉焼きができます。でも、湿度は高くないので、木かげはとてもすずしく、あんがいすごしやすいのです。ただ、家には天じょうはなく、いきなりスレートの屋根。だから太陽で焼けついた屋根の熱はそのまま部屋の中にこもっていました。

夜になると、その昼の熱気を出してしまおうと、家中のドアや窓をあけっぱなしにすると、今度はヤブ蚊の襲撃に備えなければなりません。スペイン語で、蚊のことを「モスキート」というのですが、夜になると、家の中に入ってくるこのモスキートたちとの戦いが始まります。

日本なら、蚊取り線こうで撃退できるでしょうが、この国にはありません。そこで父さんが一計を案じました。

「蚊取り線こうは草でできているとよ。だから、モスキートは草のにおいに弱いとばい」

家の近くにはえている草を刈ってきて、そのままバケツにおしこみ、テーブルの下において、いぶすことにしました。

まず、ドアと窓を全部しめて、ほんの少しいぶす。でもモスキートたちは元気そうに家の中をブンブン飛び回っています。

「草がたりんちゃ」

家の外に飛び出て、刈ってきた青草をバケツにつっこみ、さらにいぶしました。家の中は煙でもうもう。きっとよその人が家の前を通れば、火事になっていると思ったことでしょう。

(これで蚊は死ぬやろう)

みんなはけむたい中で息をこらえて期待していました。でも、それはあまい考え方だったようです。敵はドミニカのしぶといモスキート。そんな煙なんかへっちゃらで、もうテーブルのあちら側にだれが座っているか分からないほどの煙なのに、耳元でブンブン飛んでいるのです。

慎ちゃんたち人間はもう苦しくて苦しくて、

「うあ〜、たまらんばい」

とうとうみんな家の外に飛び出てしまいました。

数夜、みんなでいろんな草を試してみましたが、ついにモスキートを退治できる草は見つかりませんでした。

では、どうやってこの敵をさけたか知りたいですか？

最後の手段はこんなもの。

1. できるだけ分厚い服を着る。
2. 窓、ドア類は全部しめる。
3. さしに来たモスキートを手でたたき落とす。
4. 寝るときは、ドミニカ式カヤの中にパッパッパッとすばやく入る。
5. ほんの少し、モスキートたちに自分の血のおすそ分けを、仕方なく、する。

第七章

(一) 出会いと別れ

初めての夏休みが終わった十月のある日曜日のお昼時でした。

慎ちゃんたちはいつものように、漬け物キャベツをおかずに昼ご飯を食べていました。父さんと忠夫おじさんはカンポです。

「コンペルミーソ」(ごめんください)

「あら、だれやろう。ドミニカの人みたいやけど?」

そう言いながら母さんが勝手口へ向かいました。

「こちらは、シニーチの家ですか?」

スペイン語が聞こえてきました。

「シ、セニョール」

「コレヒオから来たメディーナといいます。今日は、こちらにシニーチという男の子がいると聞いたので、ちょっと会いに来ました」

「ウン、モメント　ポルファボール」(ちょっとお待ち下さい)

そう母さんは答えたあと、慎ちゃんを呼びました。

慎ちゃんはコレヒオという言葉にドキッとしながら、冷んやりしたコンクリートの床の上をペタペタとかけていきました。譲二ちゃんも、まち子ちゃんも、食べかけのおはしを持ってついて来ました。

勝手口に、白い着物のような服を着た白人の若い男の人が、ニコニコして立っていました。その人は映画に出てくるターザンのように、髪がべたっと後ろになでてあって、（さあ今から野球《ペロータ》をしませんか）と言わんばかりに、革製のグローブを右手でぽんぽんとたたいていました。

（どこかで見たような顔だなあ……、そうだ日本で見たアメリカ映画に出ていた人に似ている）

慎ちゃんが言っているアメリカの映画俳優さんとは、「雨に唄えば」という映画の主人公のジーン・ケリーという人のことです。あとから、母さんもその俳優さんに似ていたわ、と父さんに話していました。

この人が、これから慎ちゃんの一生の恩師となるエルマーノ・メディーナです。

エルマーノとはスペイン語で「兄弟」の意味なのですが、カトリック教会では「修道士」という意味で使っています。

エルマーノ・メディーナの本当の名前は、ラファエル・メディーナ・ロドリーゲス。でも、みんなはいつも、エルマーノ・メディーナと呼んでいました。

エルマーノ・メディーナは、コロニアにいる日本の若者たちとの親善野球試合のために、コレヒオの生徒たちを連れて来ていたのです。慎ちゃんの名前をだれが教えたのでしょう、コレヒオに入学できる年れいの子がいて、入学したがっていると聞いて来たのだそうです。

エルマーノ・メディーナは慎ちゃんに、

「何歳ですか？」

「アルファベットは書けますか？」

とか、

「家族は何人ですか？」

など基本的な質問をしてその日は帰っていきました。


それから数日たったある日。エルマーノ・メディーナがまた来ました。

「来週からコレヒオに来ても良いという許可が下りましたよ」

慎ちゃんはその言葉を聞いたとき、飛びあがらんばかりに喜びました。いよいよ、ドミニカに慎ちゃんより半年前に来ていたジューカやノーマンそしてポジートたちといっしょに、ベージュ色のユニフォームを着て、コレヒオに行けるのです。

でも、うれしい出会いのあとには悲しい別れが待っていました。ホセフィーナ先生との別れです。知らない人との出会いもうれしいことですが、親しくなった人たちと別れるときの寂しさの方が、もっと大きいからです。

別れの日が来ました。シモン・ボリーバル校の玄関で、
「アディオス、セニュリータ　ホセフィーナ」（ホセフィーナ先生、さようなら）
慎ちゃんの言葉を聞いて、ホセフィーナ先生の大きな青い目から大粒の涙がほおをつたって落ちていきました。そして、今までにないくらい強く慎ちゃんを抱きしめながら言いました。

「ノ　エス　アディオス、　シノ　アスタ　ラ　ビスタ」（さよならじゃなくて、またね、でしょ）

でも、ホセフィーナ先生は慎ちゃんがコレヒオに移ってしばらくして、シモン・ボリーバル小学校を退職してどこかへ引っ越してしまいました。譲二ちゃんはそれまでその学校に残っていたのですが、先生が去ったのを機会にこの学校をやめて、またラ・ビヒアのマリア先生の教室にもどりました。

いつでも会えると思っていた慎ちゃんでしたが、「アディオス」（さよなら）か「アスタ　ラ　ビスタ」（またね）のどちらも言えないような早さで、ホセフィーナ先生はダハボン市からいなくなったのでした。

（首都のトルヒージョ市に引っ越したそうだよ）

そんなうわさを聞きましたが、慎ちゃんはもう二度と会えないだろうと思いました。

(二) 念願のコレヒオ入学

ドミニカに渡って半年ほどして、慎ちゃんは念願のコレヒオ・アグリコラ・デ・サン・イグナシオ・デ・ロジョーラ校（サン・イグナシオ国立農業学校）に入学しました。シモン・ボリーバル校のときのような、先生のキスの歓迎はありませんでしたが、日本人の友だちの笑顔と、大勢の先生たちの「ビエンベニード」（いらっしゃい）で迎えられました。

コレヒオの第一印象は大理石とコンクリートのかたまりでした。二階建てなので本当はそれほど大きくもないのですが、それまでずっと木造平屋の校舎しか見なかった小さな慎ちゃんには、新しい学校はキングコングの映画に出てきたニューヨークのま天ろうのように見えました。真っ赤なハイビスカスがさきほこる植木で囲まれた校舎内は、冷房装置もないのに冷んやりしていました。

全校生徒数は百五十人あまり。カトリック系のコレヒオです。一九三十年に大統領になったトルヒージョ大統領の助成金で、数年前に建てられたのだそうです。

「この国で大統領となんらかの形でつながっているというのは、大変名よなことなんやろね」

そう母さんたちが話しているのを聞いたことがあります。

慎ちゃんはまだ知りませんでしたが、じつはこの大統領は、そのころ政敵をつぎつぎに暗殺して、独裁政治をしていたのです。

そんなわけで、母さんが言ったことは、決してまちがってはいませんでした。でも、今は「名よ」なことですが、あとからはその逆になって大変な事件が起こります。

話を、学校にもどしましょう。

コレヒオの校長先生は、オランダ人でエルマーノ・マルティンという名の人です。

母さんの推量では、年は六十歳をこえていらっしゃるかしら、だそうですが、慎ちゃんは大人の年などさっぱり分かりません。ただ、校長先生のオールバックの髪の毛に白が目立ったので、かなりのお年だという事だけは分かりました。

かっぷくがよく、血色の良い丸顔に、丸い黒ぶち眼鏡でなおさら顔が丸く見え、いつも笑顔をたやさず、もしかしたらサンタクロースが、ソターナを着て化けているんじゃないかなあ、と慎ちゃんが感じるような雰囲気のある人でした。

この校長先生の部屋の分厚いドアを開けて入ると、真正面の壁に、トルヒージョ大統領がコレヒオを視察に来たときの写真が、ほこらしげにたくさんかざってありました。

学校の広い玄関ホールや大食堂の壁にも、額がひろく、白髪まじりでちょびひげの大統領の大きな写真がかけてあります。

大統領は「国家の父」と呼ばれ、この国ではキリストのつぎに尊敬される存在なのだそうです。慎ちゃんが大好きな俳優のチャップリンにちょっと似ているな、と思いました。でも、父さんや母さんたちの印象は、

「ドイツのヒットラーのようね」

だそうです。

大統領の親が大変な日本人びいきで、自分の娘にハポネーサ（日本の女性）という名前をつけたという話を、慎ちゃんたちが日本人と分かったら、よく大人のドミニカ人から聞かされました。

慎ちゃんは日露戦争のことを詳しく知りませんでしたが、

（あの大国と戦争してやっつけた勇敢な島国のハポネス）と大統領一家は日本を大変高く評価していたのだそうです。そのほかに、ドミニカを訪問したアメリカの政治家で、後に大統領になったニ

クソンという人が、日本人は優秀な国民だと大統領に話したので、ドミニカの移民政策にえいきょうを与えたという事もずっとあとで知りました。

でも、日本人をそのように思っているのは、一部の教養ある大人だけ。日本の事を知っているよ、という大人たちが決まって言う言葉は、

「フジヤーマ、ゲイシャ、リキトーサン」（富士山、芸者、力道山）くらいでした。

コレヒオにはかっこいいユニフォームがありました。慎ちゃんはそれを見た瞬間、一頭がクラッとしました。

理由は、コレヒオの帽子が、日本で見ていたアメリカの映画の中で、アメリカの兵隊さんがかぶっていたあこがれの帽子とそっくりだったからです。

それはスペイン語でゴーロ（gorro）といって、帽子をたたむとうすい長方形になり、ズボンのベルトに簡単に引っかける事ができました。（英語では、ギャリソンキャップというのだそうです）

帽子ばかりじゃありません。ベージュ色の長ズボンに長そでのワイシャツ。そして、表面が輝いて見えるこん色のネクタイ。慎ちゃんは自分がそんなカッコいいものを着られるとは、思いもよりませんでした。

でも、都合のいい事ばかりじゃありません。

慎ちゃんたちと同じ年ごろのドミニカ人の子どもたちには、日本人は、第二次世界大戦でアメリカに負けたアジアのひきょうな国、ハポン、としかうつっていなかったようなのです。それは、コ

レヒオで上映されるアメリカの戦争映画が大いにえいきょうしているのですが、そのことも慎ちゃんはあとから知るようになります。

町に出ると、ときどき「チーノ、チーノ」（中国人）とわざとまちがえたふりをして、慎ちゃんたちは子どもたちにからかわれました。そんなとき、

「ソーモス　ハポネーセス！」（ぼくたちは日本人だ！）

と答えても「チーノ」をくり返します。たぶん、日本の子どもたちには理解できない、けいべつの意味がその「チーノ」という言葉の響きの中にこめられていたような気がします。

子どもたちのこの日本人へのいやがらせは、そのうち慎ちゃんの中で大爆発するのですが……。

とにかく、待ちに待ったコレヒオへ行けるようになった慎ちゃんは、雲に乗るような気分でした。

これから、友達のジューカ、ノーマン、ポジート、ほかに犬山のりおさんたちといっしょに行くことができるのですから。

毎朝（今日はどんなことを学ぶんだろう）と思いながら、いつもうきうき気分で、ダハボン市まで自転車で集団登校をし始めたのでした。

そして、しばらくして、もっとうれしいニュースがエルマーノ・メディーナから告げられることになるのです。うふふ。

(三) エルマーノ・メディーナ

登校初日です。

エルマーノ・メディーナがソターナの腰についたひもを右手でくるくる回しながら、笑顔で教室に入って来ました。

そうやってひもをくるくる回すのが先生のクセらしいのです。右手の人差し指に上手にひもを巻きあげると、今度は逆回転させながらほどき、それが終わるとまた巻いて、というように忙しく手を動かしていました。

時には、回転中のひもをふざけて、慎ちゃんたち生徒に当てることがあります。ひもの先端は、簡単にほどけないようにかたく結ばれてあるので、その結び目が頭や背中に当たるとかなり痛いのです。それでもエルマーノ・メディーナとしては、それが生徒との親密さを増す道具なのでしょう。よく利用していました。

生徒たちもそこのところをよく心得ていて、当てられるのはうれしいけれど当たると痛いので、当たりそうなところでひょいとよけて楽しむのです。先生は当たらないとよけいに当てたいらしく、当たるまで追いかけていました。

歩き方にも特ちょうがありました。足のくるぶしまで長い白色のソターナをいせいよくバサッ、バサッと音をたてながら歩くのです。身長は百七十センチくらいでしょうか。いつも背筋をピンとのばし、くるくるひもを回転させながらさっそうと校内を歩く姿はよく目立ち、コレヒオ中の生徒にばつぐんの人気がありました。

特に、エルマーノ・メディーナが、コレヒオにいるエルマーノたち八人の中でゆい一のドミニカ人だったこと、そしてハンサムでスポーツマンであったことも人気の大きな理由だと思います。

後日、慎ちゃんと親しくなったドミニカ人生徒の何人かが、自分たちもエルマーノ・メディーナのような先生になりたい、と話しているのを聞いたことがあります。

実際にそのうちの一人は、卒業すると、エルマーノになるために首都の神学校に入学してしまったほどですから。

コレヒオには、本当は小学五年生から九年生までしかないのですが、日本人の子どもたちのために特別クラスが作られ、エルマーノ・メディーナがクラス担任になりました。

それに、エルマーノ・メディーナはコレヒオでただ一人の国語の先生、つまりスペイン語の先生。ほかの七人のエルマーノたちは、オランダ人、フランス人、ドイツ人だったので、正式なスペイン語ができるのは、ドミニカ人のメディーナ先生しかいなかったのです。

それに、この先生はまだエルマーノになったばかりで、子どもの慎ちゃんから見ても、どこか初々しいところがありました。母さんは、先生は二十一歳だと言っていました。だから、慎ちゃんたちのような子どもたちのスペイン語の先生には、うってつけだったようです。

日本人用生徒の教室は、玄関ホールのすぐ上の二階にありました。窓と反対の壁にへばりつくようなかっこうで、せまい空間を利用して作られた仮設教室でした。

どの教室もコンクリートの壁なのに、ここだけがクリーム色のペンキを塗ったベニヤ板でできていました。中には日本人生徒の人数分だけのいすがありました。いすは、最初にラ・ビビアのマリア先生の教室で見た、あのうちわのようなひじかけいすと同じものでした。

だれにでも優しい犬山のりおさんは上級生なので、もうドミニカ人といっしょのクラスで勉強をしていました。

初日の一時限目の授業は、今までのホセフィーナ先生のやり方とはまったくちがっていました。文法が多く、動詞の変化など、慎ちゃんにはチンプンカンプン。ここにいる日本人生徒たちは、みんな慎ちゃんよりスペイン語ができる子どもばかりです。慎ちゃんは授業中ずっときん張していて、何がなんだかよく分からないうちに、一時限目は終わっていました。

十五分の休み時間の時です。慎ちゃんより二つほど年上で北海道出身の犬山実くんに、

「ちょっと消しゴムかしちゃらん？」

と、筑豊弁でたのむと、

「何じゃ、その『かしちゃらん』ちゅうのは。それやったら貸してやらんぞ」

と、実くんはニキビだらけの顔をゆがませて、ゲタゲタ笑い始めたのです。周りのみんなもつられて笑っていました。

生まれて初めて自分の日本語を笑われた慎ちゃんは、スペイン語だけじゃなく、日本語ももう一

度勉強し直さないといけないなあ、と真剣に思ったものです。

じつは、これがきっかけで日本語の話し方やアクセントに気をつけるようになりました。この物語からおよそ四年後、ドミニカの日本大使に会ったとき、

「東京の方ですか？　お子さんたちはかんぺきにきれいな標準語ですね」

とたずねられたことがありました。

笑われたときは嫌な思いをしたけれど、このおかげで、帰国した時、日本語で話す苦労をせずにすんだのでした。

(四) ランチタイム

コレヒオの昼食時間です。教室から歩いて数分のところに、生徒専用の食堂がありました。その横には、先生たち専用の小さな食堂。ここは先生たちの会議室にもなっていて、まるで西部劇の酒屋に入るときによく見るような、バタンバタンと開け閉めできるとびらがついていました。

初めてそれを見たとき、慎ちゃんは心の中で「やったー！」とさけびました。なぜなら、映画の中でよくカウボーイが酒場に入る時、両手でとびらをバンとあけ、中に入ると、勝手にしまるあのとびらなのですから。だから、慎ちゃんは、もし、その部屋に呼ばれて入る事があれば、かっこいいカウボーイのように、「バン」と勢良く入って行きたいなあと思ったのです。

生徒用の食堂は食べ盛りの男子生徒たちでむせかえっていました。本当は、八人がけの金属テーブルなので、好きな場所に座っていいのですが、最上級の九年生は、ちゅうぼうに一番近い北側の入り口付近のテーブルを陣取ることができます。配給されるご飯を真っ先に手にいれ、おかわりもそれだけ早くもらえることができるからです。そして、下級生になるにつれて、ちゅうぼうからどんどん離れた南側のテーブルに座るようなルールが、自然にできあがっていたようでした。

慎ちゃんたち日本人は、一番南側、つまりちゅうぼうから一番遠いテーブルを一つ与えられました。

昼食のテーブルの上にあるのは、金属製の大皿に盛られた白いご飯、それにカレーライスのようにご飯の横にそえる豚肉入りいんげん豆のアビチュエラ。あとは焼き立ての小さなパン一個と、金属製コップ、そしてナイフとフォークが一本ずつ。

上級生のだれかが、スペイン語のお祈りの冒頭部分を言うと、それに呼応して生徒全員がよどみなく歌うように残りの部分を祈り始めました。

「ディオス　テ　サルベ　マリーア……」

みんな両手を組みしんみょうな顔つきでうつむいて真剣そうに祈っています。

ところが、お祈りが終わったとたん、今までの顔とはうって変わって、全員がいっせいに目の前の食事にかぶりついたのです。そう、かぶりつくっていう感じです。

慎ちゃんもおなかがぺこぺこ。やっと使い慣れてきたナイフとフォークを持って食べ始めたのですが、ドミニカ人の生徒たちの食べるスピードと比べると、まるでうさぎとかめでした。それはそうでしょう。だれもご飯をかんでいないのですから。みんなは一回か二回あごを上下させたかと思うと、もうそれを飲みこんでいたのです。

慎ちゃんがまだ半分も食べないうちに、

「アキッ！　アキッ！」（ここ、ここ！）

空になった皿を、上級生の座っている方向に向かって高く持ちあげます。

九年生から選ばれた配給係の二人の生徒が、まず九年生たちに先におかわりのご飯を配ります。そこで余ればだんだん下級生の方へご飯なべを持ってやってきます。

隣のテーブルに座っていたからだの小さな生徒は、口の中にご飯をつめられるだけつめこんで、空の皿を高く持ちあげて、「アキッ！　アキッ！」と大声をあげるたびに、口の中から米粒が飛んで回りに散らばりました。「きたない」なんて言うひまはありません。忙しすぎて。

何もかもが競争でした。アメリカの映画のように、みんなでゆっくり話をしながら食事を味わう光景なんて、これっぽっちも見当たりません。

慎ちゃんの皿もそのうち空になったので、「アキッ！　アキッ！」とまねてみました。でも、もうそのときには配給係の生徒の姿はどこにもありませんでした。

このようにして、慎ちゃんの初めての給食は腹五分で終わりました。慎ちゃんばかりか、日本人生徒全員そうだったようです。

「コレヒオの昼ご飯は、いつもこんなもんよ」

のりおさんが慎ちゃんの驚きを察したように教えてくれました。

この日、この体験を家に帰ってすぐに母さんに報告しました。

「まあ、そんな面白い話を聞いたら父さんきっと驚くわよ」

母さんがそう言ったので、慎ちゃんは夕食のとき、口からご飯を飛ばしながらその日の事を話したものです。

そんな日々をおくりながら、慎ちゃんのスペイン語は上手になって行きました。

ドミニカに来て半年ほどたったころ、両親はドミニカ人と何か交しょうをするときは、慎ちゃんが通訳になりました。いつのまにか慎ちゃんは、ドミニカへ先に来たほかの日本の子どもたちのスペイン語についていけるようになっていたのです。いつも、好奇心いっぱいの慎ちゃんが、積極的にドミニカ人の間に入って、いっしょに遊んだり、話したりしたからでしょう。

その様子を遠くから見ている人がいました。エルマーノ・メディーナです。この先生は日本人の教育をすべてまかされていたので、その成果をオランダ人のマルチン校長に報告していたそうなのです。

そのおかげで驚くことが……。

第八章

(一) 慎ちゃん寄宿生になる

コレヒオに通い始めてから一年ほどたったころ。足が地に着かないほどうれしいニュースが飛びこんできました。

エルマーノ・メディーナから、

「シニーチ、コレヒオに寄宿する気はありますか」

とたずねられたのです。

慎ちゃんよりも早くからこの学校に入っている日本人の中で、だれも寄宿生になっている人はいません。それに、外国人の慎ちゃんが、この国で生まれ育った現地の子どもたちと同じようなたいぐうで、この国立学校の生徒になれるのは、とっても名誉なことです。

慎ちゃんは、

「コモ　ノ！」（もちろん！）

と答えました。

家に帰って、父さんと母さんにこの話をすると、二人も大変喜んでくれました。

数日後、正式な入学手続きをするために、慎ちゃんは両親といっしょにコレヒオに行って、日本人初の寄宿生になる意味や、心構え、学校の規則などを教えてもらいました。

これまで毎朝、ジューカ、ポジート、ノーマン、犬山兄弟、さいとう兄弟、亀田くんたちといっしょに自転車で通っていた慎ちゃんにとって、寄宿生になる不安が少しはありました。毎朝、自転車をこぐのはだれが一番速いかとか、あるいは根も葉もないうわさ話や、道にあいた穴をうまくジグザグによけて通るとか、面白い事がたくさんあります。それがこれからなくなるのは、寂しいことです。でも、その寂しさと比較すれば、慎ちゃんの中にひそむ好奇心の方がもっと大きかったのです。

九月。寄宿生として、慎ちゃんは本格的にドミニカ人たちといっしょにコレヒオに住む事になりました。まず、ユニフォームをそろえます。シャツは二枚。ふだん着として着用する薄いアイボリー色の真新しいシャツとベージュ色のズボンと同色のネクタイと帽子。それにまだ用意する衣服があります。寄宿生だけが利用するのですが、祭日や何かの儀式に参加するときに着用する水色のシャツ、紺のズボンに同色の長方形の帽子とネクタイです。

このとき、慎ちゃんがひそかにあこがれていた二つの事のうち、一つだけ実現しました。それは、自分専用のカギを持てたこと。このカギでベッドの横に置いてある高さ一メートルほどの箱の開け閉めをします。箱の中は三段になっていて、一番下に靴、中段に下着類、一番上に、小物をいれておきます。そして二つ目のあこがれは、黒い革靴を持つことでしたが、慎ちゃんの足はとても小さいのでなかなか見つかりません。だから、学校の規定では黒い革靴を用意しないといけなかったのですが、それが見つかるまでズック靴をはいていても良いことになりました。

コレヒオには、日本のようなランドセルやカバンはありません。学校で使う教科書やノートは、全部自習室にある専用机に置いておくからです。

分厚い教科書をもらったとき、慎ちゃんは驚きました。コレヒオが用意してくれたどの教科書の裏表紙にも、先輩たちのサインがたくさん入っていたからです。それらを大事にして、すべて後輩にゆずっていく、というシステムだったのです。何人もの手に渡って使われても破れないように、表紙はげんこつでたたくと「コンコン」という音が鳴るほど固く、日本の教科書の何倍ものページ数がありました。

寄宿生は百五十人ほど。コレヒオ・アグリコラ・デ・サン・イグナシオ・デ・ロジョーラ（Colegio Agrícola de San Ignacio de Loyola）という校名にあるロジョーラという名前は修道士会の名前なので、ダハボン市以外の街にも世界中の都市に同じ名前の学校があると、慎ちゃんは聞いていました。

生徒の親たちは、この前まで通っていたシモン・ボリーバル小学校と同じように、地元の有力者や軍関係が多く、休みになると、遠方から我が子をピカピカの自家用車で迎えに来ていました。

農業学校なので、校内の広い敷地のはずれには大小のトラクターや農機具、それに馬小屋や豚小屋がありました。ここは、主に七年生以上の生徒たちが管理をまかされていました。

校舎からおよそ三百メートル南側に、コレヒオ専用の畑が広がっていました。学校に一番近い畑は慎ちゃんのような五年生、（そう、慎ちゃんはこのころ五年生になっていたのです）と六年生たちにあてがわれていました。三十名ほどの生徒たちに、幅一メートル、長さ十メートルほどの畑ですが、自分の好きな野菜を植えて良いので、みんなはとても大事に「畑の世話」をしていたものです。

慎ちゃんが最初に育てることにしたのは、大好物のレタスとラディッシュ。

この野良仕事は授業の一環でもあったので、ドイツ人のエルマーノ・ペードロがりっぱなくり毛の馬に乗って見回りにきます。


慎ちゃんはなぜかいつも自分で要領が悪いなあ、と思うことがあります。

先生がいないとき、畑の土を小さなクワで細かくくだいたり、小石をどけたり、畑のみぞを直線にしたり、一生けん命働いていています。そんなとき、クラスメートたちの多くがはふざけあったりして、遊んでいるのですが、見張り番がいて、慎ちゃんの知らない特別な合図で（あとから分かったのですが、口笛でした）、先生が来た事をみんなに知らせるのです。

それを知らない慎ちゃんが、「やっとこさ」と一休みしてぼーっと立っているときに限って、見回りのペドロ先生が、ぬっと木陰から出てきて、ギロッとにらむ、ということがたびたびありました。


コレヒオの規律は大変厳しく、学校内での行動は、すべて「コンドゥクタ」（品行点）として学期末の成績にえいきょうしてきます。

たとえば服装に関しては、

1．革靴をきれいにみがいているか。
2．ズボンやシャツは汚れていないか。
3．その折り目は正しいか。
4．ネクタイは曲がっていないか。
5．髪の毛をクシでしっかり、といているか。（これはずいぶんあとから知りました）

多くのドミニカ人の髪の毛は縮れているので、それほど心配しなくても良いのですが、慎ちゃんのような直毛は風がふけばすぐに乱れます。ちょっとでも激しく運動したあとでは、ピンと髪の毛が立って、いつもクシをあてねばなりません。ですから、ほかの直毛のドミニカの生徒たちと同じように、ポマードを毎朝べっとりぬっていました。

二カ月に一度くらい、学校専用の散髪屋さんが来て、髪を切ってくれるのですが、慎ちゃんの髪の毛をはさみで切るときは決まって、

「日本人の髪はかたいし、うでにささるので困る！」

と顔をしかめながら言うのです。慎ちゃんは最初のころ、冗談だと思っていたのですが、いつも同じ文句なので、本当だったのでしょう。

入学して間もないころ。夜九時。自習時間を終え、就寝時間になりました。二階のドルミトーリオ（寄宿舎）に行くために、廊下《ろうか》に列を作ってみんなで待っていました。

するとエルマーノ・ペドロがやって来て、みんなの髪の毛をクシでとき始めました。先生が慎ちゃんの髪の毛をすいたとき、途中でひっかかりました。すると、

「ブエノ、ポルケ?」(うーん、どうしたのかな?)

と先生が少し驚いた風にたずねると、すかさずクラスメートたちから
「四十六番、お前のコンドゥクタ(行動点)下がったなあ」

とからかわれました。

そのとき慎ちゃんは本当にそんなことまで成績に関係するんだ、とびっくりしました。

ところで、四十六番とは慎ちゃんの学籍番号です。「シニーチ」という日本語名を覚えにくいこともあったのでしょうが、ドミニカ人同士でも、学籍番号で呼び合う事があったので、別におかしいとは思いませんでした。


十月。秋です。亜熱帯の国とはいえ、この時期は水シャワーもつめたく感じます。「ファファァ」と小さくさけびながら、シャワーを急いであびてパジャマに着がえ、ベッドの横にひざまずいて全員で簡単なお祈りをしたあと、暖かい毛布の中にもぐりこみます。

十時にエルマーノ・ホセがかい中電灯を持って、一人一人寝ているのか確認に来るのがお決まりの行動です。

起床は、午前六時。すぐにベッドをきれいにします。これもコンドゥクタの点数になります。慎ちゃんはけっして上手とは言えません。両隣の、ロドリーゲスやニックネームがニェーコは、コッ

ペパンのような色をした毛布を、ベッドの上にしわ一つなく伸ばし、真っ白なシーツを首の辺り二十五センチほど折り曲げます。慎ちゃんは何度もまねてみましたが、二人のようなきれいなベッド作りができるようになるまでには、ずいぶん時間がかかりました。

　朝ご飯は、見た目はバナナ、でも煮ないと食べられないプラタノが二本。からっとあげられたサラミソーセージが二枚。最初は鼻をつまんで食べていたけれど、今はとてもおいしく感じられるバター。それにミルクココアです。このメニューは一年中変わりません。

　お昼は、アビチュエラ・コン・アロス（インゲン豆とお米）に、焼きたてはホワホワして少しホセフィーナ先生の香水のような香りがするのに、一日たつと、かなづちでたたいて砕《くだ》かないと食べられないパンと、あのバター。夕食もお昼ご飯と同じですが、クリスマスや祭日のときだけ、ちがう料理になります。コーラかオレンジジュースがつくのです。食堂に列を作って入って行った時、ふだん見かけないものがテーブルの上に並べてあると、どんなにつらかった野良仕事でも、つかれがふっとんでしまいます。

　慎ちゃんはコーラが嫌いだったので、

「だれか交かんして」

とたのむと、周りからざっと手が出て、あっという間にオレンジジュースに変身です。それに、みんな成長盛り。学校が用意した食べ物だけでは足りず、いつも家から持って来たおやつなどでお腹を満たしていました。慎ちゃんにはそんな余裕もありません。がまんです。でもしばらくたって、もうがまんしなくても良いようなアイデアを思いつきました。

コレヒオの生徒たちは一学期中に何回か、実家に帰っても良いことになっていました。このころ、コロニアの日本人のだれかがポン菓子を作る機械を使って、おこしを作ったのです。それはちょうど真ん中に線が入っていて、両手でパリンと半分に割れるようになっていました。一個一セントでした。

慎ちゃんは、釣ってきた魚をひものにしてコロニアの近所のおばちゃんたちに売ってためたお金で、このおこしを二十個買いました。そして、三時のメリエンダ（おやつ）の時間に、みんなの前で買って来たばかりのおこしをさりげなく見せながら、食べ始めました。

「四十六番、それなんだ？」

「ああ、これは日本のおかしだよ。おいしいよ、パリパリ」

「どこで買える？」

「う～ん、日本人のコロニアの中だから、すぐに買えないけど、よかったら、この半分を一セントで売ってあげてもいいよ」

これで成立。おこしを半分にわって、全部すぐに売れました。おかげでおこし十個をただで自分のものにしました。いっぺんに食べるのはもったいないので、残りの十個はちり紙につつんでベッド横のケースの中にしまっておきました。

翌日のメリエンダの時間、おこしを食べようとケースから出したのですが、どうも様子が変。全部のおこしがちり紙にべっとりくっついていて、昨日のようにパリパリと食べられなくなっていたのです。外が暑いので、おこしの砂糖が溶けてくっついてしまったようです。結局、慎ちゃんは、おこしにくっついた紙を口の中でより分けながら、「ぺっ、ぺっ」と外にはき出すはめになってしまいました。おこしを売って自分のメリエンダをタダにする大作戦は、これで終わったのでした。

(二)ニックネームはアビチュエラ

ある日のこと。給食を食べたあと、がまんできないほどおなかが痛くなりました。どうやら、すぐにガスになる豆をたくさん食べたからでしょう。トイレに急いでかけこんだ慎ちゃんだったのですが、すでにおそく、生まれて初めて便座を汚してしまったのです。おまけに、運が悪いことに、飛びこんだトイレには紙がなく、便座をきれいにしたくてもできませんでした。

隣から紙を持ってきてそう除をすれば良かったのでしょうが、そこまでチエが回りませんでした。それに、もしそう除をしている最中に、だれか入ってきて現場を見られたら、学校中のドミニカ人から「日本人は……」と笑いものになる。そう思うと、早くその場からのがれたくなりました。幸いトイレにはだれもいません。慎ちゃんは心の中で何度も(ごめんなさい)とつぶやきながら、そのまま知らんぷりを決めこみました。

夕食が終わって、あと十分で自習時間です。運動場の大きなねむの木の根本にあったベンチで、一人ぼんやり座って考えこんでいました。昼間のことが頭から離れなかったのです。

（どうしてあのままトイレから出てしまったんだろう）

（見られて笑われたって良いじゃないか。それよりも堂々ときれいにそう除をすれば良かったのに。ひきょうだったかなあ）

こんな言葉がずっと慎ちゃんの頭の中を堂々めぐりしていました。

「やあ、シニーチここにいたのか」

声をかけてきたのは、エルマーノ・メディーナでした。いつものようにソターナをバサバサ鳴らし、ひもをくるくる指に巻きつけながら笑顔で近づいて来ました。

「ああ、エルマーノ」

元気のない声で返事をしました。

先生は横に腰かけると、前方を見たままゆったりと、

「おこらないで聞いてほしいんだけど、シニーチ。……シニーチはトイレの使い方を知らないのかな？」

優しい声でしたが、慎ちゃんの胸にグサリとささるほどの質問でした。

（そんな、まさか？　エルマーノはぼくの心の中を読めるの？　あのことはだれも見ていないはずなのに……）

「いいえ、知っていますよ。……でもどうしてそんなことを？」

「シニーチ、かくさなくてもいいんだよ。本当は知らないんだろう？」

「知っていますって。どうしてそんな変な質問をするんですか？」

少しムキになって逆にたずねました。

（あのトイレの件は別として、トイレの使い方くらいだれだって知っていますよ）

そんな気持ちでした。

「そうかなあ……。あのトイレのこと、今日、このコレヒオでは君しかいないんだけどねえ」

慎ちゃんの顔は、どんなに熟したトマトでも負けるほど真っ赤になっていたことでしょう。

（なぜ？　どうして『あのトイレのこと』なんだろう？　だって、回りにはだれもいなかったし、見られるはずはないのに！）

「あのう、どのトイレのことですか？」

やや観念しながら小声でたずねました。

「講堂の後ろにあるトイレのこと。君だったんだろう？」

慎ちゃんはこれを聞いてついに白状しました。

「……すみません。ぼくです。ぼくがトイレを汚したんです」

「そうだろうね。君しかいないものね」

「でも、どうしてぼくしかいないんですか？　あのとき、トイレには紙がなかったからきれいにできなかったんです。だから不安になってにげました。でも、ぼく以外の人だって汚すかもしれないじゃありませんか」

慎ちゃんは、たどたどしく、でも、しっかりと自分の気持ちを先生に伝えようと努力しました。

「ああ、シニーチしかいない、というのはそういうことじゃないんだ。つまりあんなトイレの使い方をする人はこのコレヒオでは君しかいない、っていうことなんだよ」

「あんなトイレの使い方？」

「そう。トイレの便座の上にズックのままあがるのは、寄宿舎に一人しかいない日本人の君だけなんだ」

慎ちゃんは知らなかったのです。洋式トイレはドアに向かって『座る』、という使い方を！

先生は、そう除婦のコンスエラおばさんから、

『これはきっと日本人のだれかだね。でも、この時間だと日本人でコレヒオに残っているのはシニーチだけだから』と聞いて、慎ちゃんを探していたのだよ、とエルマーノ・メディーナは説明しました。

慎ちゃん以外の日本人生徒は、みんな昼のクラスが終わるとラ・ビヒアに帰っていました。だから、あの時間コレヒオで「ズック」をはいている生徒は慎ちゃんだけだったのです。日本人の生徒たちだけ、ズックをはいても良いことになっていました。でもドミニカ人の生徒たちはほぼ全員寄宿生なので、学校の規則でみんな革靴をはかなければならなかったのです。

前にもいいましたが、慎ちゃんは自分の足にあう靴が見つかるまで、ズックをはいても良いというマルチン校長の特別許可をもらっていたのでした。

そのズックの底の模様が、便座の上にくっきりとついていたのだそうです。革靴の底にはそんな模様などありません。

（外国の人ってなぜこんなに使いにくいトイレを考えたんだろう。使ったあといつも足あとを消さ

ないといけないなんて)

そんなことを思いながら、今にも落ちそうな危なっかしい格好で、便座の上に乗っていたのでした。

翌日、慎ちゃんはエルマーノにつれられて、トイレそう除中のコンスエラおばさんにあやまりに行きました。

「あんた、コレヒオに来てから一年あまり、よくまあこれだけ長い間だれにも知られずに、大変な使い方をしていたもんだね」

と変なところでコンスエラおばさんは感心していました。

慎ちゃんのこの大失敗をおばさんとエルマーノは腹をかかえて大笑いしたあと、二人だけの胸の中にしまっておくと約束してくれました。おかげで、慎ちゃんはもうはずかしい思いをしなくてすみました。そして、慎ちゃんはますますエルマーノ・メディーナとコンスエラおばさんを心から信用して好きになったのです。

じつは、このコンスエラおばさんが、このとき、体の小さな慎ちゃんに「アビチュエラ」(インゲン豆)というニックネームをつけたのです。栄養満点のインゲン豆が好きだった慎ちゃんは、このニックネームが気に入りました。

これで、ジューカ、ポジート、ノーマン、そしてアビチュエラというへんてこりんなニックネームを持つコンビがそろったのでした。

そうそう、革靴ですが、ついに慎ちゃんの小さな足にあうような黒い靴が見つかりました。それは、まるでおとぎ話の中の魔法使いがはくような、先のとんがった靴でした。だから慎ちゃんの指は、靴の奥でぎゅうぎゅうづめ。それでも、寄宿生の間ではそんなとんがり靴がはやっていたことや、生まれて初めて大人のような革靴をはくので、慎ちゃんはこの靴をとても大事にしたのです。これであこがれていた自分のカギを持つことと、この革靴で二つの願いがやっとかなったのでした。

(三) 映画《ペリクラ》 1

コレヒオではふた月に一度くらい、映画鑑賞の日がありました。もちろん映画の予告などはありません。だから、いつ、どんな映画がつぎにあるのかだれも知りません。でも、「ペリクラ、ペリクラ!」(映画だ、映画だ!)と情報を早くかぎつけた生徒が、大声で学校中にふれ回ってくれるのです。そのたびに学校のあちらこちらで、奇声と歓声があがります。慎ちゃんもいっしょになって大声で「ペリクラ!」。だって、慎ちゃんは幼いころから、洋画ファンだった両親に連れられて、映画を見に行っていたほどですから。

生徒たちからペリクラの日はとくに歓迎されました。夜の自習時間が早く切りあげられるので、生徒たちにとっては二重の喜びだったのです。

慎ちゃんは映画が何よりも好きだったのですが、いやなことが一つだけありました。

学校で上映される多くの映画が、なぜか日本とアメリカの太平洋戦争ものなのです。おまけに、ジャングルの中に潜《ひそ》んでいる日本兵は、いつも野蛮《ばん》でひきょう者。具合が悪いことに、コレヒオの生徒たちは戦争映画が大好きでした。

その日も、やっぱり戦争映画。慎ちゃんはまだ小さいので、いつものように上映される食堂の最前列のいすに座っていました。

映画の内容はつまらないものでした。今度もどこかの南の島が舞台。出てくるゼロ戦は紙で作られたように、すぐに米軍の飛行機に打ちぬかれ炎上して海に落ちていきます。日本兵の捕りょたちは、いつもおどおどしていました。慎ちゃんは（日本人はもっと勇敢《かん》）と思いながら見ていました。

日本兵がアメリカ兵の背後から忍びよって、ナイフで襲うシーンになりました。

「日本人が後ろにいるぞ。ひきょう者。ひきょう者！」

映画の世界にひたっている生徒たちは画面に向かってさけびます。慎ちゃんは自分の身がひきさかれる思いで見ていました。

映画の中のアメリカ兵は、まるでみんなのさけび声が聞こえたかのように振り向くと、ナイフを振りかざして飛びかかって来た日本兵を銃《じゅう》で撃ち殺しました。食堂中にわっと拍手と歓声があがります。

慎ちゃんは身がまえました。案の定、頭に何かが投げつけられました。丸められた紙です。振り返って見ても、暗くてだれが投げたか分かりません。

今度は、後ろのだれかが慎ちゃんの右のこめかみを強く、指でこづきました。急いで振り向くと、自分じゃないよ、と言わんばかりに、すぐ後ろの三人が頭の後ろで手を組んで、そりかえって天井を見あげていました。

そのうちの二人は一卵性双生児のメスティーソというニックネームのついた兄弟。慎ちゃんよりも一つ年上なのですが、二人とも慎ちゃんと同じクラスにいました。おとなしい性格の兄とは対象的に、弟はかなりのやんちゃな子。よくドミニカ人の同級生たちともけんかをしていて、兄はなだめ役でした。メスティーソの隣にいたのは意地悪で有名なエミリオでした。

慎ちゃんは自分の頭をこづいた犯人は、左後ろにいたこの弟の方だと思いました。その弟はニタニタ笑っています。斜め後ろから右手をのばし、いかにも慎ちゃんのすぐ後ろにいるだれかがたたいたように見せかける、単純ないたずらです。

「だれがやった！」

聞いてみますが、返事は期待していません。ただ、どんな顔をするのか知りたかったのです。

三人が肩をすくめながら、

「ジョノセ」（おれ知らないよ）

と答えました。

慎ちゃんは黙って、メスティーソ兄弟とエミリオをにらみつけたあと、また前を向きました。

映画は延々と日本の兵隊さんたちが撃ち殺されるシーンが続きます。慎ちゃんはこの小さな食堂の中にいる唯一《ゆいいつ》の日本人として、悔《くや》しくて、悲しくて仕方がありませんでした。

そんな夜、慎ちゃんは必ず怖い夢を見ていました。

（世界の平和を願うカトリックの学校なのに、なぜ、あんな残こくな映画をみんなに見せるんだろう）

そんな疑問がふつふつと心の奥底からわいてくるのです。

（映画って、見る人を楽しませるためにあるよね。だって、日本で見ていたアメリカの映画はみんな楽しくて、美しくて、きれいな人たちがいっぱい出てきて、夢を与えてくれた。だから、きっとまた別の楽しい映画があるよ……）

自分にそう言い聞かせながら、慎ちゃんはふだんの何倍もの時間をかけて、ねむりに入るのでした。

（四）映画《ペリクラ》 2

この前の映画から一カ月たったころです。夕食を終えて自習室に向かっていると、

「ペリクラ、ペリクラ！」

いつものさけび声です。

（やったあー。……でも、今度こそきっと楽しい映画だよね……）

ところが……。

題名を見たとたん、がっかりです。また、戦争映画。それも、この前と同じような筋書きで、日本兵がつぎつぎに殺されていきます。映画がか境に入ると、みんなこぶしをあげ、手をたたき、大声でアメリカ兵を応援します。そして、この前と同じように、また頭に何か飛んできました。日本で見ていたころは、映画が永遠に続けば良いなあと思っていたのに、このドミニカでは逆になっていました。

（もう見たくない。早く終わって、ベッドに入りたい）

そんな気持ちでいっぱいになるのです。

そろそろ映画が終わりそうになったころです。また、だれかが、後ろからこの前と同じように慎ちゃんの頭をこづきました。すばやく、左斜め後方に座っていたメスティーソ兄弟の弟の方に目を走らせました。犯人はやっぱり、弟の方でした。手を急いでひっこめようとしたのが見えたのです。

ギッと弟をにらみつけて、黙って映画の終わるのを待ちました。暗がりの中で、後ろからメスティーソ兄弟とエミリオの三人がクスクス笑っていました。

映画がやっと終わりました。みんないすから立ちあがり、ぞろぞろと食堂から出ていきます。慎ちゃんはあの三人の後ろについて行きました。就寝の点呼まであと十五分くらい時間があります。

三人は、食堂を囲んで咲いているハイビスカスの生け垣の向こうの運動場へ向かいました。

「おい、メスティーソ、話がある」

慎ちゃんは、煮えたぎるような怒りを押さえて呼びました。

「なぜぼくの頭をたたいた」

「おれ、そんなこと知らないよ。お前、ほかのだれかとかんちがいしているんだろう」

メスティーソの弟がとぼけました。心のやましい人間は前もって答えを準備しているのです。

慎ちゃんは、メスティーソの弟の左うでをつかみながら、

「おまえがぼくの頭をたたいたのを見たんだ。あやまれ！」

すると、メスティーソの弟の両目がつりあがったとたん、突然、慎ちゃんの手を爪《つめ》で強くひっかいたのです。慎ちゃんは痛くて、すぐに手をはなしました。ところが、メスティーソの弟は慎ちゃんのあごを思いっきり押しあげてくるではありませんか。

慎ちゃんはその手を強く手元にひっぱり、メスティーソのからだの下にもぐりこみ、力いっぱい腰を持ちあげました。一度も柔道を習ったことのない慎ちゃんでしたが、日本にいたとき「姿三四郎」という映画を見ていたので、なんとなくそれを覚えていたのです。そう、柔道の「背負い投げ」という技になっていました。

慎ちゃんの腰はメスティーソの腹の下にきれいに入り、相手は軽々と宙に浮いて、背中から地面に「バタン」と倒れたのでした。

驚いたのは投げられた弟ばかりじゃなかったようです。二人の言いあらそいをそばでニヤニヤと見ていた兄とエミリオや、近くで様子を見ていたほかの生徒たちの間から「オオー」という声があがりました。

メスティーソの弟は地面に座わったままメソメソ泣き始めました。兄がかけよって、大丈夫かと

なだめました。弟に怪我がなかったことを確認すると、慎ちゃんにつめより、

「やっぱり、日本人はひきょうだ。自分より背の低い人間とけんかするんだからなっ」

周りに聞こえるようにさけびました。

「そうだ、そうだ」

エミリオがメスティーソの兄の肩を持ちました。慎ちゃんより背が低いと言っているけれど、どう見ても同じか、むしろ大きいような感じです。

ともかく、慎ちゃんはそれ以上けんかをする気はありません。あやまってくれれば、それで良かったのです。

慎ちゃんが、この場をどう切りぬけようか考えていると、エルマーノ・ホセの就寝点呼の笛がドルミトーリオの方で鳴りました。慎ちゃんは黙って三人に背を向け歩いていきました。

慎ちゃんは、子どもながらに、このときは男対男のけんかですんだと思っていたのですが、じつはこれからが大変だったのです。

(五) 映画《ペリクラ》 3

この前のけんかのことを、せまいコレヒオ内で、知らない者はいませんでした。

(聞いたか。あのチビの日本人が、いじわるメスティーソの弟をやっつけたんだとよ)

（なあに、メスティーソのほうが小さいんだよ。そんなのをやっつけてもだめだよ）

などといううわさが校内中に飛び交っていたそうなのです。

でも、

「おい、アビチュエラ、おまえ、あのいたずらメスティーソをやっつけたんだってな。えらいえらい」

慎ちゃんの頭をバサバサなでながら、ほめてくれる上級生たちもあらわれました。

あのとき、まったくぐうぜんにメスティーソのからだの下にもぐりこめたので、「勝てた」だけで、別に強いというわけではありません。でも、周りのクラスメートたちは、それからは少し一目置いたようで、慎ちゃんを見る目がしだいに変わってきていました。

まず、慎ちゃんよりもおちびさんで、年下なのに、クラスで一番頭が良く、いつも笑顔を絶やさないロベルトと仲良くなりました。彼の家はコレヒオのすぐ近くにあり、寮生ではありませんでした。慎ちゃんが分からない事があると、いつも優しく説明してくれました。

間もなく夏休み、というころです。

（ペリクラ！）の甲高い声が校内中に響き渡りました。今度は、その声は、一人ではなく、何人も何人も、内庭がコの字型になった校舎の二階全体に響き渡るほど、これまでにない驚きと感動がこもった声でした。

今晩放映される映画が、「スーパーマン」と聞いたとき、もうみんな信じられなかったのです。

慎ちゃんだって、そうでした。

「スーパーマン」のマンガは大人気で、よほどラッキーじゃない限り、街の本屋さんで買う事はできません。街の本屋さんに寄ると、真っ先にその「スーパーマン」を探しましたが、一度も買えたことはありませんでした。ただ、クラスメートの一人が、ぼろぼろになった「スーパーマン」をゆずってくれたので、それはとても大事にベッドの横の小さなロッカーにカギをかけてしまっていました。

ですから、マンガの世界が現実に一歩近い「映画」という形で見られるというのは、まるで奇跡が起きた、といえるほどショッキングなでき事でした。

慎ちゃんはロベルトといっしょにエルマーノたち専用の食堂へ走って行きました。映画フィルムの入った丸カンが、入り口の下にあると聞いていたからです。そっと近づくと、うわさの大きな丸カンが見えました。さらにそーっと近づいて、その表面にはってある映画のラベルを読んでみました。

「Superman」

本当でした。あのスーパーマンです。慎ちゃんとロベルトは

「本当だ！　本当だ！　今日のペリクラはスーパーマンだ！」

まだ疑っているかもしれない学友たちに聞こえるように、ふれ回りました。

映画はテレビ番組用だったので、三十分の二つのドラマでした。それでも、学校中の生徒という生徒は満足しきっていました。映画の最後に、「続く」という文字が出て来たので、

（またいつか必ず続編を見ることができる）とみんな期待していました。でも、残念ながら、ある事件が起きて、これが最初で最後の「スーパーマン」でしたが、きっとみんな慎ちゃんと同じように、この夜のことは忘れないでしょう。

ただ、慎ちゃんには決して忘れることができない事が、この夜、また起きたのです。今度は、あのエミリオが言いがかりをつけてきたのです。

いつもの運動場のベンチにロベルトと座っていました。

映画が終わって、とても幸せな気分にひたりながら、ロベルトが帰宅するまで映画の印象に残ったシーンを話しあうことにしました。

突然、

「おい、四十六番、この日本人！　あんな映画、日本で見ることができないだろう。お前なんかあんな映画を見る資格がないんだよっ」

振り返ると、エミリオでした。彼の後ろには、メスティーソ兄弟がものすごい形相で立っていました。

慎ちゃんが、立ちあがったとたん、エミリオが近づいて来て、慎ちゃんの胸ぐらをつかんできたのです。

慎ちゃんは、もう何も考えずに、この前と同じように、エミリオの右うでをさっとつかむや、彼の腹の下に入って思いっきり腰をあげました。なんとまたしても、技が決まったのです。

エミリオの大きな体が、ふわーっと浮いて、慎ちゃんの目の前にもんどりうって落ちました。

「うああ」

エミリオは慎ちゃんより十センチ以上は背が高かったのですが、そんな彼が倒れました。そして、

「ウーウー」とうなり声をだしています。

メスティーソ兄弟がすぐにエミリオに近づいて、かかえあげたと思ったら、兄の方が慎ちゃんに近づいてきて、こうさけびました。

「やっぱり日本人はひきょうだ。年下の人間とけんかするんだから！」

そのとき知ったのですが、エミリオは慎ちゃんよりも年下らしかったのです。

慎ちゃんは、困りました。

(年上でもぼくより背が低い者と戦って勝つとひきょうと言われる。でも、ぼくより背が高いけれど、年下だったら、それでもひきょうと言われる。ぼくがそうならないためには、ぼくよりも年上で、ぼくよりも背の高い者と戦わないといけないの？)

そんなことを一瞬、思った慎ちゃんでした。

でも、こんなけんかはこれっきり。もうそれからはだれも慎ちゃんに手を出す子はいなくなりました。

ところが……。

数日たったある日の放課後のことです。

一番尊敬するエルマーノ・メディーナが、二階教室の外の廊下で待っていました。慎ちゃんを見

ると、

「アビチュエラ、ちょっとこちらにおいで」

と手招きをしたあと、

「おこらないで聞いてくれるかな……。なんでも、君はずいぶんらんぼうな生徒だ、という話が伝わってきているんだけど、それはどうしてだろうね？」

慎ちゃんは、確かにけんかをしたけれど、正義をつらぬいた、という気持ちがあったので、大好きな先生からそうたずねられると、胸が急に苦しくなって、一言もいえず、ただただ大粒の涙が、とめどなく落ちてくるのでした。

「いいよ、アビチュエラ、本当は君はとても良い子なんだ。悪い事をしていないんだと、私は信じているよ」

先生はそうなぐさめてくれましたが、慎ちゃんの心はしばらく寂しくて、悲しくて、はやく夏休みになって、コロニアの両親に会いたい、ジューカやポジート、ノーマンたちと遊びたい、という気持ちでいっぱいになったのでした。

第九章

(一) コロニアについに電気が！ そして、国広さんの死

ラ・ビピア中についに明るい夜がきました。

これまでずっと灯油ランプで夜を過ごしていたのですが、慎ちゃんの家から二軒隣に住んでいた国広さんというおじちゃんのおかげで、コロニアの各家庭で電灯がつくようになったのです。

このおじちゃんは父さんよりも若く、まだ生まれたばかりの赤ちゃんがいました。慎ちゃんが回覧板をこの家に持って行ったとき、たまたまテーブルの上にたくさんの模型飛行機が見えました。

「おじちゃん、どこで買ったの？」

「ああ、これはね、おじちゃんが作ったんだよ」

「えっ？ ……ぜんぶ！」

「そう、ぜんぶ」

慎ちゃんが驚いたのも無理はありません。だって、テーブルの上に並んでいたのは、日本のマンガや映画でよく見ていたゼロ戦や、ドイツのマークのついた飛行機、それに、よくコロニアの上空に遊びに飛んでくる見慣れた飛行機があったのです。その飛行機は、コロニアからそれほど遠くない所にある空軍基地から飛んで来ていました。

この飛行機の前部には鋭い歯をむき出しにしたサメの口の絵が描いてありました。第二次世界大戦のときに使われていた「マスタング」またはＰ五十一と呼ばれていた戦闘機だそうです。

あるとき、慎ちゃんたちがボデーガの裏の広場でペロータをしていると、ものすごい爆音とともに、またマスタングが飛んできました。みんなうれしくて、手を振ると飛行機は大きく左旋回《ひだりせんかい》すると、パイロットが上半身はだかで操縦しています。でも、おやおや、ジューカの家の屋根にある二本のポールでつながっていたラジオのアンテナ線を、飛行機は切ってしまったのです。日本の短波放送がこれで聞けなくなりました。

大人たちの感想は、

「あのパイロットはコロニアの日本人女性のだれかにほれたらしい。この前、車で遊びにきちょった。それで、見せびらかそうと、飛んできたんやろ」

子どもたちにはそんな大人の事情など分かりません。映画の中でしか見られない戦闘機だなんて。ましてや、上半身はだかのパイロットだなんて。

国広のおじちゃんの話にもどります。

おじちゃんが持っていた一機一機のどれもが、とてもきれいに色づけされていて、窓から入る光を反射してきらきら輝いていました。

信じられない事でした。こんなすてきなものはてっきり大きな街のデパートなどのガラスケースにあるもの、と思いこんでいたからです。

「国広のおじちゃん、すごいねえ！　きれいやねえ！」

慎ちゃんは心の底からこのおじちゃんのすごさに感心してしまいました。

「そう、そんなに気にいってくれたの。……じゃあ、まだ作りかけだけどね」

部屋の奥から、赤ちゃんが一人入るくらいの段ボール箱を一つかかえて来ました。中をのぞくと、まだ作りかけの模型飛行機の部品がいくつもあります。

「プロペラや、羽なんかも、このナイフで木をけずって、サンドペーパーをかけて、それが終わったら、特別なエナメルをぬってかわかすと終わり」

おじちゃんはさも簡単そうに言いましたが、慎ちゃんにはとてもできそうにありません。

「うあー、ぼくもいつかそんなのができるようになれるとやろか」

「大丈夫。だれだって最初は初心者なんだよ。あとは根気よく続けて、慣れる事かな。いつか教えてあげよう」

慎ちゃんは、絶対におじちゃんに模型飛行機の作り方を教えてもらおうと決心しました。

帰宅するや、母さんに報告しました。

「母さん、あそこの国広のおじちゃん、すごいよ。自分で小さなモデル飛行機を作っていると。それにね、いつかぼくに作り方を教えてくれるって」

「まあ、良かったねえ。あの人はとても器用って聞いちょったけど、そんなこともできるとね？」

もちろん、畑から帰って来た父さんにも、慎ちゃんが見た事、話した事を報告しました。

この国広のおじちゃんが、じつは、親せきの人と共同で発電機を買い、家の近くに専用の小屋を建てて、そこから電線をひっぱってきたのです。

日本にあったようなりっぱな電信柱ではありませんでしたが、屋根よりも少し高くて細い電信柱が家々の前に立ち、コロニアの各戸に一つ、はだか電球の明かりがつくようになったのです。

ランプの何倍も明るい電灯は、コロニアにいる人たちの心までも明るくしてくれました。それまでは、暗くなって、大集会場で会議やピンポンをするとき、特殊《とくしゅ》なランプを何個も使って部屋全体を照らしていました。でも、これからそれも不要です。

日本では、どの部屋にも当たり前のように電灯があって、明かり用の灯油など買いに行かなくてもいいし、ホヤをみがくこともありません。慎ちゃんは、このとき、スイッチ一つひねるだけで明るくなる電灯が、これほどありがたいものはないと分かりました。

「電気ってありがたいねえ」

しばらくの間、慎ちゃんの家では夜電気をつけるたびに感謝していました。きっとどのお家でも同じような会話がかわされていたことでしょう。

その国広のおじちゃんが、ある夜、父さんのところに相談に来ました。

「峯さん、最近どうも変なんです。……ご飯に針が入っているように見えるんですよ」

父さんは、前にも言ったように、第二次世界大戦のころ、衛生兵だったので、家には色あせた緑色の布製の袋がありました。それにはポケットがたくさんついていて、中には大小の注射器や針、ピンセットなどがさしこんでありました。日本にいたころ、慎ちゃんたちが便秘になると、決まって、その中で一番大きな注射器に石鹸水をいれて、

「尻を出しなさい」

といやがる子どもたちはかん腸をされました。

だからでしょうか、お医者さんのいないコロニアでは少し気分が悪いと、父さんを頼って相談に来る人もいたのです。

父さんは、

「国広さん、今回の電気のことで心労があったんとちがいますか。少し、ゆっくり休まれたら？　……まあ、これでも」

父さんがそう言ってすすめるのは、いつも大好物のドミニカのラム酒「ロン・ベルムーデス」です。おじちゃんの気持ちがそれで少しはくつろいだのかなあ。

それから、ほどなくしたある日のことです。

「時代、国広さんが亡くなったっち！」

父さんがうなり声をあげて帰って来ました。

「え！　どういうことね？」

「なんでも、サンティアゴの病院で電気ショックをされすぎて、亡くなったそうや！」

慎ちゃんは、国広のおじちゃんが、頭がクラクラするので大きな街の病院に行って治療を始めた、ということは、うわさで聞いてはいました。でも、まさか、そんな大変なことになるとは夢にも思わず、いつかおじちゃんからあの模型飛行機の作り方を教えてもらえる、と信じていたのです。

コロニアを一番明るくしてくれたおじちゃんが残したのは、楽しい思い出と、奥さんとまだ小さな赤ちゃんでした。

コロニアで三人目の葬式がありました。慎ちゃんたち子どもは葬式には出席しませんでしたが、しばらくの間、ペロータで遊ぶ子どもたちの楽しそうな声は、広場から消えていました。

夏休みもあと残り少なくなっていました。

(二) 慎ちゃん、ムチのならし方をおぼえる

ドミニカに来て、慎ちゃんが不思議に思った事は数多くありましたが、そのうちの一つは、牛の尻の傷です。

初めて田んぼを耕したとき、やとった若い牛飼いが連れて来たのは、峯家のだれも見た事のない大きな二頭の牛でした。そのとき、牛たちの尻に白い筋や、少し肉が見えるほどの傷がいっぱいあったのです。たたかれたらしい事は分かるのですが、あの牛の分厚い皮がむけて、肉が見えるほどの傷をおわせるのは、一体どんな道具なんだろう。

その答えはすぐに分かりました。

田んぼの土を耕す農機具を、牛たちが一生けん命ひっぱっても、沼地の泥のせいで牛たちの足がとられて、なかなか前に進めません。すると、牛飼いは、持っていた長いムチで牛の尻を「パシーン」という音をたててひっぱたたいたのです。二頭は渾身《こんしん》の力を振りしぼって、その痛みからのがれるように、少しずつ歩み始めました。すると農機具の金属にねばりつく泥がかき分けられ、田んぼが耕されて行きました。

一枚の田んぼを耕し終えるまで、牛飼いは何度も何度も牛たちにムチをいれました。ときには、音だけでおどしたり、尻を打ったり。

田んぼを耕し終えたその牛飼いに、慎ちゃんは持っていたムチを見せてもらいました。

ムチはスペイン語で、ラティゴ（látigo）といいます。生まれて初めて見たそれは、三十センチほどの棒の先に、二メートルほどの縄がつながっていました。

「このひもは何で作るの」

牛飼いは、父さんが地面に敷物代わりにおいていた米袋のサーコを指さして、

「これと同じ糸だよ」

ムチは、先っぽになるにつれて細くなり、一番先はまるで小さなネズミのしっぽのようでした。

「どうやって使うの」

それを聞いた牛飼いは、東洋から来た日本人たちの前で見せるのがちょっとうれしかったのでしょう、何度もたたき方を見せてくれたのです。

ムチを頭の上で一回転させ、身体の前に振り落として、それを手元に思いっきりひっぱると、まるで、大きな爆竹が鳴ったような音がしました。

なぜそんな糸で編んだようなもので、火薬が爆発したような音が出るのでしょう。慎ちゃんの疑問はふくらみました。

つぎに牛飼いが見せてくれたのは、さらに驚くようなことでした。少し腰を落とし、やや身体を

ななめに傾けたかと思うと、前方にあった雑草に向かって、ムチを横向きにして打ちました。すると、雑草のてっぺん辺りが、まるでカミソリで切ったかのように、スパッと切れたのです。そのとき初めて牛の傷の理由が分かりました。いくら牛の皮が厚いといっても、あんなムチでたたかれると、傷ができるのは当然でしょう。慎ちゃんはそれを見たとき、牛たちはきっと痛いだろうなあ、とかわいそうに思いました。

ただ、慎ちゃんの家には牛はいないし、いたとしても、牛をそんなムチでたたく事はないでしょう。ただ、慎ちゃんは、どうしても牛飼いのように、「バチン！」という大きな音を出したり、草のてっぺんを切ったりしたいと思って、ムチの使い方を覚えたくなりました。

そこで、牛飼いのをかりて、見よう見まねで使ってみたのです。まず、長いムチは思った以上に重く、なかなか頭の上で簡単に回せません。そして、それを前におろした瞬間に、手元に引いてもその先はしなりもしません。何回か試していると、自分の顔にあたって、その痛い事。

父さんも忠夫おじさんも試してみましたが、だれもうまくできません。

しばらくして、スーソさんにお願いして、短いムチを作ってもらいました。

何度も練習していると、練習の成果はやがてあらわれ、あの若い牛飼いのような長いムチではありませんでしたが、音を出すコツがだんだん飲みこめてきました。かなり大きな音と、草のてっぺんをタイミングよく切られるようになったのです。

ある日、田んぼに行ってお昼の弁当のあと、ムチの練習をしている慎ちゃんを見たスーソさんが、

「ダハボン市で、二月にこのムチを使ってたたきあうカーニバルがあるよ」

と教えてくれました。

心臓が出るほどびっくり。だって、牛の皮がやぶけるほど危ないムチでたたきあうっていうのですから。でも、その驚きはすぐに好奇心に変わって、来年の二月が待ち遠しくなったのです。


そして、ついに、首を長くして待っていた二月のカーニバルの日がやってきました。

カーニバル広場となる場所は、ダハボン市の中心にある教会の前の広い道路と、その道路をはさんだ所にある公園でした。

ムチ自慢の若者たちが、分厚い服を着て、紙を何十枚も重ねて作ったカラフルなお化けのお面をかぶって出場します。

気持ちの悪いお面と思ったのも無理はありません。お面は悪魔の顔で、カーニバルは、悪魔たちを退治する儀式なのだそうです。どうりで、どの仮面も人目を引く不気味な面がまえをしていました。


町中の人が見ている中で、「悪魔退治」のカーニバルが始まりました。ドミニカのメレンゲの忙しい音楽が流れる中、四組の「悪魔たち」が道路上で、お互いにそのムチでたたきあいを始めたのです。それを頭上で何度か回すと、相手に向かって、ムチをいれます。そのとき、まるであの若い牛飼いが牛の尻をたたいていたときのような、「ピシッ」とか「バチン」という音がしました。

ひもが長ければ長いほど有利でしょうが、長いムチはかなり重そうで、なかなか自由に操れるわけではなさそうです。

とても激しいお祭りでした。教会の前でするのも神様への奉納の意味があったのかもしれません。とにかく、ペアになったムチ使いたちは、バチバチという音を立ててたたきあっていました。ムチが分厚い服にあたると、服はすぐにやぶれました。しばらくすると、みんなの服はぼろぼろになってきました。

そのときです、

「ぎゃあ」という声があがりました。

一人の男子がお面を取って、右耳を両手でふさいでいました。手の間から、血がしたたり落ちていました。

「オー・ディオス・ミーヨ（ああ神様）、あいつの耳はちぎれたなあ」

近くにいた見物人のおじさんがさけびました。

あとから、コレヒオでクラスメートのロベルトにたずねると、

「いつもじゃないけど、ときどきああいうことがあるよ」

（こんなに危ないお祭りなのに、毎年しているんだ……）

町中の人たちが興奮して、「やれ、やれ！」とか「もっと強く！」とさけんでいるのを見て、慎ちゃんにはちょっと理解できないカーニバルでした。

(三) 奇術師キコポ

ドミニカ人の友達ができました。でも、子どもではなく、慎ちゃんの身長も体重も倍ほどもある大人。だって、この人は、重い氷のかたまりを両肩にかついで運ぶ人なのですから。

友達になったきっかけは、釣ってきた魚を売ってためたおこづかいでエラード（氷菓子）を買いに行ったときのことです。お店はコロニアの入り口近くにある集会所のすぐ横にあって、北海道出身の人が始めたばかりでした。夏休みで帰っていた慎ちゃんは、久しぶりにちょっぴり日本の味のするいちご味のエラードを食べたくて食べたくて。

エラードは大きな冷蔵庫の中で凍らせて作るだけなので、すぐに溶けてしまいます。ですから、暑いドミニカの空気にさらして、少しでも油断すると口にいれようとしたら、ぼろっと落ちてしまうので気をつけなければなりません。

そんな危険を承知で、

「おじちゃーん、エラード一つちょーだい」

勢い良く店に入るや大きな声で注文しました。

「おいさ、五セントね。溶けないうちに食べなよ」

店のおじさんに魚一匹分の五セントと引き換えに、サイコロのようなのピンクのエラードを慎ちゃんの手のひらに乗せました。すぐに口にほうりこみます。エラードを食べているときは幸せ。

だって、まるで日本にいたときに食べていた大好物のかき氷を思い出すんだもの。

　口からエラードが飛び出さないように注意しながら食べていると、

「オーラ、セニョール」

　太い声がしました。振り向くと、大きなお腹が目に飛びこんできました。そのお腹の持ち主は、両肩に何やら大きなサーコを担いでいます。そして、それをゆっくり床におろすと、中身を出しました。きれいな透明の氷のかたまりでした。慎ちゃんはそれを見たとたん、夕焼け色したいちご味のかき氷を作る透き通った氷を思い出してしまいました。

「サブローソー（おいしそう）！」

「この氷がおいしそうかい？　面白いことを言うね。じゃあ、少しあげようか」

　おじさんは、そう言うと、店の人から何か道具を借り、ぽこぽこと氷をわり、小さなかたまりを慎ちゃんの手に乗せてくれたのです。それはとても冷たく、透明でまるでダイヤモンドのように輝きました。

　ドミニカ人のおじさんの名前は、ミゲルさん。マンサニージョという町から、大きなカミオン（トラック）で氷を運んで近隣の村や町で売っている人でした。

　日本人の子どもと話すのは初めてだったミゲルさんは、積極的にたずねる変わった子が気に入ったらしく、

「どうだい、私のカミオンでコロニアを一周してみるかい」

　思わぬさそいを断るわけがありません。

ミゲルさんのカミオンに乗せてもらいました。カミオンの座席はとても高い所にあり、まるで2階の窓から見ているような風景が前に広がっています。ミゲルさんは、「ブーブー」と警笛を鳴らすと、カミオンは店の前からゆっくり離れて行きました。大きなカミオンでコロニアを一周するのは初めて。高い所からコロニアを見ると、見知らぬ町のような別世界がありました。

ミゲルさんは、慎ちゃんが目を丸くして外の風景を楽しんでいるのを見て、ますます面白く思ったようです。

「名前は？」

「家は？」

「ご両親は？」

などのいろいろな質問に、慎ちゃんははきはき答えました。

コロニアをゆっくり一周しても、せいぜい十分かそこらで終わりです。家の前でカミオンを止めてもらったあと、ミゲルさんにお礼を言って、高い助手席から降りました。ミゲルさんは慎ちゃんが降りたのを確認したあと、また「ブーブー」とさよならの警笛を鳴らして去っていきました。

こうやって、エルマーノとは別のドミニカ人の大人の友達ができたのです。

カミオン体験から数日後のことです。

「こんにちは。こちらはアビチュエラくんのお宅ですよね。彼はいますか？」

家の裏の木の下で母さん、譲二ちゃん、まち子ちゃんたちといっしょに今晩のフライドチキンになるニワトリの毛をむしっていたのですが、みんなは、その大声にひっぱられたように、玄関へ飛んで行きました。

あのミゲルさんでした。家の前には家の屋根よりも背が高そうな、カミオンも止まっています。

家の奥からやってきた母さんを見るや、ミゲルさんが、

「アビチュエラのお母さんですか？　ミゲルといいます。じつは、もしよろしければ、来週、彼を我が家に招待したいのですが」

「はあ？」

「いやあ、我が家のあるマンサニージョでちょっとしたショーが来週あるので、彼を連れて行ってあげたいと思って」

「オー、ディオスミーヨ、ムーチャス　グラーシアス。（大変ありがとうございます）……慎一はどう、行きたいと？」

「もちろん！」


翌週、ミゲルさんがいつものように、おいしい氷をお店に届けに来たついでに、慎ちゃんはカミオンに乗せてもらって、港町のマンサニージョに向かったのです。

家に着くと、その中から若い奥さんが赤ちゃんを抱いて出て来ました。ミゲールさんの年は、きっと父さんくらいだと思っていたので、子どもがいると聞いたとき、ミゲルさんの子どもも自分くらいの子どもかな、と想像していたのです。

奥さんは赤ちゃんを連れてショーへは行けないので、ミゲルさんと二人だけで行く事になりました。


小さな劇場は、人息でムンムンしていました。ミゲルさんが、前の方の席を取ってくれていました。

「このキコポっていうマジーシャンはすごいんだぞ。毎年来るんだが、彼のマジックを見破った者はだれもいない」

ミゲルさんはまるで子どものように、はしゃいでいます。


舞台がちょっと暗くなると、若い男の人が出て来ました。

「みなさん、本日はよくおいでくださいました。これからみなさんが見たこともないような奇術をお見せしましょう。それでは、キコポの登場です！」

割れんばかりの拍手とともに、キコポが現れました。

魔法使いがかぶるようなとんがり帽子をかぶり、どじょうひげをたくわえた、中肉中背の男の人でした。

奇術が始まりました。助手にさいみん術をかけ、いすといすの間に橋のように寝かせ、自分がその人の上にのったり、帽子の中から鳩を取り出したりして観客をわかせました。


そして、いよいよ最後の見せ場です。

「しん士しゅく女のみなさま。これからキコポ最高の能力をごひろういたします。彼の透視能力です。これはマジックではありません」

キコポはいすに座り、黒いアイマスクを助手にかけさせました。

「ごらんのように、彼は目かくし状態です。その彼が、客席にいる皆様のさまざまな事実を彼の超能力であばいてみせます」

助手はそう言うと、だん上から軽く飛び降りて、観客席の中央の通路をスタスタと歩くと、ぽっちゃりした男性のそばに行きました。

「失礼ですが、私たちは顔見知りですか？」

「とんでもない。私は今日初めてこのショーを見に来た者です」

「そうですか。お名前は？」

「サンチェス、ドミンゴ・サンチェスです」

「よろしい、サンチェスさん。これからあなたの持ち物で、なんでもいいですから私に渡していただけますか。それをキコポにあててもらいます」

サンチェスさんが助手に何かを渡しました。ショーを見に来た観客全員が、一体何事が起きるのだろうと、かたずをのんでそちらの方向を見ています。

「キコポ、私は今、サンチェスさんが手渡してくれたあるものを持っています。さて、これは何でしょう」

助手はそれがなんだかみんなに分かるように、頭上にかかげました。

「キコポ、さてこれは何でしょう」

するとキコポはいすにすわったまま、何かに集中しているようでしたが、

「財布だね」

言いあてました。

会場のみんなが、

「ホー」

とため息です。

「では、キコポ、この財布の色は何ですか」

「うーん、難しいな。……ちょっとまって」

キコポは考えるような風に、頭を軽く振っています。慎ちゃんは、助手の方を見たり、キコポの方を見たり、頭を動かして大忙し。観客も同じです。

「では、キコポ、この財布の色は何ですか」

助手が同じ質問をしました。

「ああ、見えてきた……。黒じゃないかな」

「当たり！」

観客がどよめきます。

「まだまだキコポの能力はこんなものじゃないでしょう。それでは、なんでしょう、これは」

助手の手に、何か四角いカード状のものがありました。

「なんでしょう、これは」

「……運転免許証じゃないかな」

「当たり！」

さらに、観客のどよめきが大きくなりました。

そんな感じで、助手が客の間を歩き回り、持ち物を借りてはキコポが何なのか、つぎつぎに当てていきました。

「見たか、アビチュエラ。キコポってすごいだろう！」

ミゲルさんも興奮しています。

（どうしたらあんな能力がつくのか不思議。自分もあんなことができて、人を驚かせたら楽しいだろうな）

その夜は、ミゲルさんの家に泊まりましたが、キコポのさまざまなマジックショーは慎ちゃんの頭の中で、何度も何度も再演されていました。

(四) ボットン便所事件

ある日、

「よし、もうそろそろ良いやろう。新しく穴を掘って移動させよう」

そう父さんが提案しました。

みんな大賛成。見たくないものが見え始めると、おいしいご飯が、のどを通らなくなるから。

なんの話かですって？　そう、家の裏にあるあのボットン便所のことです。

そこで、ある朝、家族総出で便所から数メートルほど左に離れた場所に、新しい穴を掘ることになったのです。

最初のスコップを父さんがいれました。

「あんがい固いもんやのう」

スコップの上に乗るようなかっこうで右足に全体重をのせて、ぐっと力をいれます。固そうな土の中に、ぐっぐっとスコップがもぐっていきます。十五分ほど掘り続けると、今度は忠夫おじさんの番です。忠夫おじさんはまだ若いので、力があって、父さんに負けないほどのスピードで掘って行きます。

半メートルほど掘った所で、

「ぼくにも掘らせて」

慎ちゃんは交代させてもらいました。

スコップはけっこう重く、いくら父さんや忠夫おじさんのまねをしても、ズボッと地面の中にスコップは入って行きません。いろいろもがいてやっと慣れたかなあ、と思ったころ、

「慎一、おつかれさん。父さんが代わっちゃろ」

バトンタッチをすることになってしまいました。

穴からよいしょと忠夫おじさんに拾いあげてもらったあと、手のひらにちょっとした痛みを感じたので、見るともう手に豆ができて、やぶれそうになっていました。

その日の夕刻、三メートルほどの深さの穴ができました。

「よし。穴掘りはこれで終わり。明日、小屋の移動やね」

父さんは母さんから手ぬぐいで首の汗をふいてもらいながら、そのひとことで、今日の仕事は終了です。掘った土は新しい穴の横にこんもりと盛りあがっています。譲二ちゃんとまち子ちゃんはその土に小さなトンネルをあけたり、登ったりして遊んでいました。

翌朝。慎ちゃんはどうやって便所の小屋を運ぶのか興味しんしんでした。

まず父さんと忠夫おじさんは、便所小屋の右底の両はしに太い棒を二本さしこんで、二人で同時に「よいしょ」と持ちあげるのです。「てこの原理」を利用するのだそうです。

古い便所小屋は少しずつ少しずつ新しい穴の上にずれていきました。

父さんたちは汗でびしょぬれになりながら、ついに新しい穴の上に小屋を乗せることに成功。それが終わると、今度は家族全員で古い穴の中に掘った土をどんどん投げこみます。終えたあとに、新しい小山のようなものができました。

慎ちゃんがその上に乗ってピョンピョンはねると、巨人のお腹の上ではねるように、柔らかなバウンスがおきて、まるでどこかの遊園地のようです。すぐに、譲二ちゃんとまち子ちゃんもまねて、三人でジャンプごっこが始まりました。

新しいボットン便所には、また、底なし沼のような真っ黒な穴が。でも、見たくない底が見えるよりずっと気持ちはいいいし、横の柔らかくてポカポカな小山の上ではねるのも楽しいものです。

ただ、やっぱりボットン便所には危険がありました。お隣さんの事件です。

峯家のお隣さんは、高知県から来た人で、まだ四歳くらいのかわいらしい女の子がいました。ある日、隣からおばさんの悲鳴が聞こえてきました。

そこの女の子がボットン便所に落ちたらしいのです。慎ちゃんたちはすぐに見にいきました。隣のおじさんが穴の中に頭と右手をつっこんで、女の子を引っ張りあげようとしていました。すぐに女の子は持ちあげられたのですが、おへそから下の部分がみごとに「あの色」になっていて、まるで粘土のようにこびりついています。

「もし、お宅のように新しい穴だったら、もっとたいへんなことになっていたかもしれなかった」

あとから、隣のおばさんが母さんに笑いながら言ったそうです。

でも、お隣さんばかりか、慎ちゃんの家でももっと困ったことが起きていました。

「まーちこちゃん」

いつものようにその子が遊びに来てくれるのは良いのですが、ついでに「あのにおい」も、ついて来たから。

しっかり日数を数えたわけではありませんが、峯家のみんなは一カ月間ほど息のこらえかたが上手になったのじゃないかなあ。

第十章

(一) 慎ちゃんの指人形劇

子どもたちはその店に群がりました。店のおじさんが、冷蔵庫の一番上にある冷とう庫から、うやうやしく子どもたちあこがれのエラードを出して、カウンターの上に乗せて、見せてくれたのです。

ピンク色のエラードは、長方形の金属の箱の中に、仕切りのようなものの中できれいに並んでいます。おじさんは、箱のはしからはみでた金属の取っ手のようなものを持ちあげると、三センチ角ほどのサイコロ形のエラードが二〇個ほど出てきました。慎ちゃんばかりか、それを見ていた子どもたちののどはゴクリゴクリ。

エラードは一個五セント。コロニアの子どもたちの中でお小づかいをもらっているという話を聞いたことがありません。

このころ、一ペソは一ドルで、一ドルは三六〇円でしたから、このエラード一個が五セントの金額は日本円にすると、十八円。小さなエラードがそんなに高いと、そう簡単には手が出ません。それでも、あの冷たいものをどうしても食べたくて、みんないろいろ工夫をしました。

ジューカやポジートたちも魚を隣近所で売っていたようですが、川魚はにおいがするので、だれもがいつも喜んで買ってくれるわけではありません。

どうしたら魚がもっと売れるだろうか、と考えました。

（魚がくさくて買わない、というのなら、くさくなかったら売れるかな）

そこで、釣ってきた魚のはらわたをすぐに出して、きれいに洗って、天日で干し魚にしてみました。

「母さん、この干した魚をどうしたら一番おいしく食べられる？」

「そうやねえ……。やっぱり一番おいしいのは油であげた魚やろうね」

そんなわけで、母さんにさっそくその魚を油であげてもらいました。

食べてみると、まったく魚くさくはありません。小さい魚ならポリポリと骨まで食べられるほどです。

翌日から、日干しにした魚を持って、近所の家を訪問し始めました。

「まあ、もう日干しにしてあるの？　だったら食べられそうね」

思った以上に買ってくれる人が出てきたのです。でもラ・ビヒアの日本人家族には限りがあります。それに、魚を釣ってくるのは慎ちゃんだけじゃありません。ですから、この干し魚売りもすぐにできなくなりました。

慎ちゃんはなんとか少しでもお小づかいが欲しいのです。そして、一生けん命考えたあげく、こんなことを思いつきました。

「指人形劇だ！」

日本にいたとき、一度だけ、本物の指人形劇を見たことがあります。その作り方もそのとき、教えてもらった記おくがありました。人形の顔と手は、紙粘土というもので作ると覚えていました。新聞紙をドロドロにして、それを使っているそうなのです。

「よし、ぼくもそれを作る」

慎ちゃんは決めました。さっそく、ボデーガに譲二ちゃんと行って、いらなくなった新聞紙をもらってきました。そして、家の横の庭ににわかのかまどを作り、母さんから借りてきたなべをその上に乗せます。その中に水と、細かくちぎった新聞紙をいれ、集めてきた枯れ木をまきにして、ぐつぐつ煮るのです。

(トロトロに溶けて粘土状になった新聞紙を、まだ熱いうちにスプーンですくって、竹のてっぺんにペタペタくっつけていけば、人形の頭ができる)

ところが、なべがふっとうしているのに、どんなに火を強くしても、新聞紙は思ったようにドロドロになりません。結局、一日かけて「紙粘土」を作ろうとしたのですが、とうとう完成しませんでした。

「そうだ!」

良いアイデアが浮かびました。ボール紙を縦横十センチほどに切ります。それを曲げて、指人形の手と首の部分にします。そして、そのはしっこにかたく丸めた新聞紙をのせ、その表面に、荒くさいた新聞紙をべたべたとはりつけて行きます。

時間をかけてのりづけした新聞の破片をはって行くと、やがて、丸くて固い紙のボールができあがりました。その上に、鼻や耳になるような部分をつけ足します。最後に白い紙をはって、乾燥するのを待ちます。乾燥したら、その紙に目や口を描いて行くのです。

(少ない指人形で劇ができる話はなんだろう……)

　頭を絞りに絞りました。

(そうだ「赤ずきんちゃん」だ。この話なら、赤ずきんちゃん、おばあちゃん、オオカミ、そして猟師の四人しか出ないから)

　人形たちの服は、母さんからもらったはぎれをぬい合わせました。そして、ついに、それらしい三体の指人形ができたのです。

　譲二ちゃんに赤ずきんちゃんのストーリーを話して、どんな劇にするのか何度か練習しました。つぎに赤ずきんちゃんの指人形を右手に持ち、慎ちゃんは自転車に乗って、コロニア中を走りながら、声をはりあげて、こう宣伝しました。

「明日の朝九時に、慎ちゃんのところで、赤ずきんちゃんの指人形劇が始まるよ～。入場料は一人五セントだよ～」

　慎ちゃんは全然はずかしくはありません。だって、好きなエラードを食べるためなのですから。

　翌日、朝ご飯を急いで食べたあと、兄弟妹三人で手分けして、玄関のゴミを拾い、コンクリートの床をていねいにふきました。それから食卓をたおし、その上に真っ白なシーツをかぶせました。針金をかべとかべに渡したあと幕代わりのシーツをぶらさげて、さあ、あとは、入場者を待つだけです。

小さな子どもたちが、五セントを手にして七人集まりました。日本人のこのラ・ビヒア全体で、慎ちゃんよりも年下の子どもは赤ちゃんをのぞいて、両手の指の数くらいしかいないので、七人でも大入りです。

いよいよ指人形劇による「赤ずきんちゃん」劇の開演です。オーバーな動きをするオオカミを右手に、赤ずきんちゃんを左手に持ちます。おばあちゃんは譲二ちゃんに持たせました。まち子ちゃんは、シーツの幕引き係です。譲二ちゃんは、慎ちゃんの言うセリフに合わせてちょいと動かせばいいので、それほどの演技はいりません。

でも、オオカミは優しそうな声や、怖い声、それにおばあさんや赤ずきんちゃんの悲鳴も必要。けっこう芝居をしないといけないのです。

慎ちゃんは日本にいたころ、大きな劇場で歌のコンテストなどに出たこともあったのです。映画も大好きだったので、声を変えて語るのはまあまあ得意な方でした。

テレビもラジオも何もないコロニアでは、慎ちゃんのような子どもが作ったそまつで、にわか仕立ての指人形劇でも、小さな子どもたちにとっては、楽しい時間だったことでしょう。みんなたいそう笑って、うれしそうでした。

本当のお話は、おばあちゃんの家に立ち寄った猟師に、オオカミに丸のみされたおばあさんと赤ずきんちゃんたちは救われ、オオカミはお腹の中にいれられた石が重くて川でおぼれ死ぬ、という内容です。でも、慎ちゃんは、オオカミがかわいそうなので、オオカミがよろよろと森の中へにげて行く、という物語に変えていました。それでも、オオカミがにげて行くシーンでは、子どもたちの間から拍手がありました。

みんなが帰ったあと、慎ちゃんは譲二ちゃんに十セント、まち子ちゃんに五セントをお手伝のお礼にあげました。残りの二十セントですが、慎ちゃんは、大好きなサイコロ形のエラードをいつか四個食べるために、大事な秘密の空きカンの中にしまっておくことにしました。

慎ちゃんのこの指人形劇はいつかまた、と思っていたのですが、このあとしばらくして大事件がこの国で起きたので、とうとうこの一回限りになってしまったのです。

(二) 日本のマンガとマニャーナ

一九五九年九月になりました。

慎ちゃんたち一家がドミニカに来て二年半です。このころ、もう慎ちゃんは小学校一年生程度の漢字しか読めなくなっていました。かろうじて読めたのは、母さんの弟の純二おじさんが、光文社の月刊マンガ誌「少年」を毎月送ってくれたおかげです。まち子ちゃんには、大阪のおばちゃんから「りぼん」が届いていました。

コロニアにはほかに「冒険王」、「少年画報」、そして「ぼくら」を取っている子どもたちもいたので、毎月、おたがい読み終えると、交かんしてマンガのすみからすみまで読みあさっていました。

ごうかそうな、でも作ったらすぐにこわれる付録のついた月刊誌は、慎ちゃんばかりか、コロニアに住む何十人もの子どもたちの共通の宝でした。

「鉄腕アトム」「鉄人28号」「矢車剣之助」「月光仮面」など、慎ちゃんたちは、もう夢中でした。

郵便屋さんはコロニアにはきません。

「譲二、マンガ、もう届いたかもしれんぞ、郵便局に行ってみよう」

わくわくしながら自転車で全速力。街の入り口は下り坂。もし転んだら大けがをするかもしれませんが、マンガの誘惑には勝てません。

郵便局に入ると、

「日本から本、来ていますか！」

もう顔なじみになった窓口のおじさんにたずねます。

「ああ、来ているよ」

そんな返事があったときのうれしいこと！

でも、

「ペルドン（ごめん）。まだ来ていないよ。マニャーナね」

（せっかく急いで来たのに……）

今度は来たときの坂を汗をかきながらペダルを踏んでのぼって行きます。

ところで、「マニャーナ」というスペイン語の勘《かん》ちがいで、父さんが大変怒ったことがありました。


父さんがドミニカ人から土地を借りるための書類がそろっているか、役所に行ったのだそうです。

そのころ、父さんは、「マニャーナ」は日本語で「明日」という意味だと覚えていました。

そこで、役所に行くと、

「ああ、それはマニャーナ」

そう言われたので、翌日行きました。すると、また、

「ああ、それはマニャーナ」

父さんはがっかりしながらも、またつぎの日に行くと、

「ああ、それはマニャーナだって言っただろう」

とうとう、温厚な父さんもつい、

「あなたは、『明日、明日』っていつも言うけど、いつが、明日なのか！」

すると、役所の人は、

「だから、マニャーナって言っているだろう！」

と逆に叱られたと、かんかんになって帰宅しました。

そのことを、エルマーノ・メディーナに話すと、先生の笑いながらの説明はこうでした。

「スペイン語で『マニャーナ』は『いつの日か』という意味があるのです。その役人は、書類がいつ来るか分からないので、『マニャーナ』と言ったのかもしれませんね」

それで初めて、『マニャーナ』には隠れた別の意味があるのを、みんな覚えたのでした。

（三）スプーン水くみ競争

ここで少しジージの懐かしいコレヒオでの運動会の話を聞いてもらおうか。子ども版のオリンピックと言えば分かりやすいかな。つまり競技の勝ち負けで点数がつけられ、憧れの賞品がご褒美なんだ。

慎ちゃんにとっては初めての運動会でした。

「よーし、それじゃあ、みんな横に並んで」

最上級生が大きな声で命令しました。さっきは同学年の一対一の綱引きで負けたので、今度こそ……慎ちゃんは必死です。

今回はスプーンで水くみ競争。同じクラスの四人が横に並びます。そして一人一人に大匙が渡されました。

足元にはコーラの空ビン。五メートルほど先に水の入ったブリキのバケツが四個あります。

「スプーンで水をくんで自分のビンをいっぱいにした人から順位が決まる。ただし両手を使ったらだめ」

そんな説明のあと。

「ヨーイ、ドン」。競技が始まりました。

慎ちゃんは、右手に持ったスプーンから水がこぼれないように、腰を落として慎重に何度も何度も往復しました。

あわてるとこぼれます。何度か往復したとき、隣のビンは慎ちゃんの倍ほど満たされています。

(えーっ、早いなあー!)

そう思っていたら、ズルをしているのが分かりました。競技のルールでは片手でスプーンを持たないといけないのに、みんなは空いた方の手でスプーンを支えながら、おまけに支えた手のひらにも水をいれて運んでいたのです。

(あっ、ずるしてる!)

慎ちゃんは思いましたが、審判の上級生は黙って見ています。

結局、ルール通り水をくんで運んだ慎ちゃんは一番ビリで一点。トップの同級生には四点が与えられました。


ほかの競技にはボールの遠投や、五十メートル走など色々ありました。でも、ほとんどの競技は学年や年れいは無関係だったので、やはり身体の大きな上級生にはかないません。だから、競技が終わったときの慎ちゃんの順位は、後ろから数えた方が早かったのでした。

その夜、夕食を終えるといよいよ講堂で表彰式です。全員背の小さい順に二列に並んで、講堂の後方入り口から入って行きます。

「やっぱり！」

隣にいたクラスメートのラファエルがさけびました。

ひなだんの最上段に何かピカピカ光るものが！　真っ赤な大きなオモチャのスポーツカーです。

「あっ、去年と同じだ！」

だれかがさけびました。

車の長さは三十センチ以上はあるでしょう。天井から照らされるライトで輝いています。つぎつぎに入場してくる生徒たちから、「うぁー」という歓声があがります。

ひなだんは三段になっていて、下に行くほど賞品が小物になっていました。二段目にはやや小さな模型の車や飛行機や革製のベルト、サイフ、それに靴クリームや歯ブラシセットなど。

一番下の段は安っぽいベルトや財布、それにノート、鉛筆、ボールペン、クシなどがありました。

生徒全員が席に座ると、点数の高い順番に呼ばれます。

最初に呼ばれたのは最上級生のフワンさんでした。慎ちゃんがメスティーソに勝ったとき、優しく頭を撫でてほめてくれた人です。9年生とは思えない体格の持ち主。きっとコレヒオでは一番大きい人だったでしょう。

自分の名前が呼ばれたフワンさんは、最後方の席から、やや小走りにひなだんにかけ寄るや、やはり最上段に飾られたオモチャの車を取りに行きました。

生徒たち全員が立ちあがって拍手をしました。満面笑みのフワンさんはみんなに向かうと手にいれた車を高々と持ちあげました。拍手はさらに大きくなりました。

慎ちゃんが呼ばれたのは目の前の賞品数が少なくなったころでした。手にいれたのは、芯が透き通って見える最新のボールペン。ライトの下でクリスタルのようにキラキラ輝いていました。

それはそれで慎ちゃんはとても幸せでした。

(四) キューバ兵

放課後の靴みがきの時間です。五、六年生のみんなといっしょに横並びに、冷んやりしたコンクリートの廊下のはしに座って、革靴をせっせとみがいていました。

そこへホルヘが寮《りょう》の二階から降りてくるや、慎ちゃんの横にいたカルロスのそばに来て、こんなことを言ったのです。

「パパが言ってたよ。キューバがドミニカに攻めてくるかもしれないって」

ホルヘのお父さんは、ダハボン市の国境警備隊のえらい人なのだそうです。

ちょうどそのころ、ドミニカ共和国から近いキューバではフィデル・カストロという人が革命を起こし、共産国になって間もないころでした。

新聞を読んで政治の話題について行くほど、慎ちゃんのスペイン語はまだうまくなかったので、あまり事情は分かりませんでしたが、なんとなく国中がさわがしくなっていることを感じてはいました。

そんなある日、信じられないようなニュースが！

肩をポンとたたかれて、一番上級生のフーリオがこういったのです。

「四六番、日本人のパイロットが、キューバ軍の飛行機を撃ついしたそうだぞ。ビーバ、ハポンじゃないか！」

なんのことかとっさに理解できませんでした。

（なぜ、日本人がドミニカの飛行機に乗ってキューバ兵と戦えるの？）

でも、これまで意地悪だったエミリオやメスティーソ兄弟までもが、驚いたことに、こうあやまったのです。

「アビチュエラ、オレたち、お前にいじわるして悪かった。日本人は勇かんだよ」

慎ちゃんは三人をこれで許す気になりましたが、まだ事情を飲みこんでいませんでした。

コロニアでも、大人たちが同じように、日本人のパイロットがキューバ軍の戦闘機を撃ついさせたと話していました。でも、ダハボン市は、まだ戦争の「せ」の字も感じられないほど平和だったのです。

そんな話を聞いて一カ月ほどたったある土曜日の夕方。慎ちゃんと譲二ちゃんはドミニカで二番目に大きな街、サンティアゴ行きのグアグアに乗っていました。コロニアで、自分が描いた富士山の絵を二人によく見せてくれていた澄広さんの家に遊びに行く途中です。

澄広さんはまだ若いのですが、「画家になる」と親に宣言して、サンティアゴに一人で住んでいたのです。そんなわけで、絵を描くのが好きな慎ちゃんたち兄弟を自宅に招いてくれたのでした。

そのグアグアが、まだサンティアゴに着いてもいないのに、途中の道路で急停車しました。乗客たちが、口々に何かさけびながら、慎ちゃんたちが座っている右側の窓にザッと集まると、グアグアが少しかたむきました。二人は、下の光景をすぐに見ることができました。

人だかりに囲まれて、迷彩服をきた男の人が上向きに二人並んで横たわっていたのです。

「クバーノス！」（キューバ兵だ！）

乗客の男の人がさけびました。

二人はまるで寝ているように見えました。

「エスタン　ビーボ？」（生きているのかしら？）

慎ちゃんの前の席にいたふっくらした中年のおばさんが、そうたずねると、

「ローカ（ばか）、死んじまってるに決まってるじゃないか！」

いっしょに座っていたおじさんが怒ったようにたしなめるのを聞いて、軍服の一部が大きな黒いシミになっているのは、きっと銃で打たれたときの血なんだろうなあ、と慎ちゃんは思いました。

これまでたくさんの戦争映画を見てきた慎ちゃんでしたが、本物の兵隊さんが、二人も、目の下の方で冷たい体になって、車がたくさん往来する道のそばに、まるで見せ物か何かのように横た

わっているのを見たとき、とても悲しい気持ちになってしまいました。

(ドミニカ人にとって、この人たちは何？　ただの敵？　でも、肌の色はいっしょ。この人たちにも、産んで育ててくれた親がいて、兄弟や好きな人、もしかしたら結婚して奥さんや子どもがいるのかもしれない。なのに、この二人を見下ろしている人たちの中で、だれ一人としてその死を悲しんで涙を流してあげる人たちはいないんだろうか)

そう考えると、胸の奥底から何か熱いものがこみあげてきました。それは、ドミニカで最初のペットのひよこたちを失ったときと同じような感覚でした。

目の前がぼんやりしてきたとき、バスが「グアーグアー」とゆっくりゆっくり動き始めました。

西の空があかね色にそまっていました。あとしばらくすると、きっと明るい笑顔の澄広おじさんがバス停で待ってくれているはずです。

第十一章

(一) 革命ぼっ発

一九六一年三月三十日。慎ちゃんたち一家がドミニカ共和国に来て、四年になりました。

慎ちゃんは、父さんと田んぼの草取りを終えて、これから帰宅する途中でした。

スーソさんの家の前を通ろうとしたとき、中からスーソさんと奥さんが大声で泣いている声が聞こえてきました。

「どうしたんやろ」

父さんは馬車を止めて、スーソさんの家に入って行くので、慎ちゃんもついていきました。

「ケ・パソ、スーソ?(一体どうしたの?)」

スーソさんは、父さんを見ると、さらに泣き声が大きくなって、こううったえたのです。

「わしらのトルヒージョ大統領が殺された!」

にわかに信じられない話でした。

「え? トルヒージョ大統領が殺されたって言ったのか?」

「そうでさ! 大統領が暗殺されたってラジオ放送があったんだよ」

玄関に入るとすぐに目に入る大統領の写真を見あげながら、スーソさんは奥さんの肩を抱いて、また二人でオイオイと泣き始めました。

「どんなやつが彼を殺したんだ。こんちくしょう!」

あとは、慎ちゃんも聞いた事のないあらゆるあくたいをつきながら、奥さんといっしょにただただ泣くだけなのです。小さな二人の子どもたちも、両親の足にしがみついていっしょに泣いていました。

「慎一、帰ろう。父さんたちがいてもどうしようもないきね」

スーソさんの家から離れても二人の泣き声は遠くまで聞こえてきました。

コロニアに帰る途中の小さな家々からも、泣く声がもれてきました。きっとこの夜、国中の人たちの目から多くの涙が流れ落ちた事でしょう。

翌朝、慎ちゃんは日本から本が来ているかもしれないと、ダハボンの郵便局へ父さんと馬車で行きました。

スーソさんの家の近くに来ると、父さんは、スーソさんたちをなぐさめようと思ったのでしょう。馬車を止め、ヤシの葉でおおわれた家に大またで向かいました。慎ちゃんも後ろについて行きました。

ところが……。家に近づくと、ちょっと様子がちがうのです。泣き声ではなく、大声でだれかが怒っているのです。

「スーソ、いるかい?」

父さんが声をかけたとたん、家の中からスーソさんが飛び出て来ました。手に何か持っています。そして、それを思いっきり、地面にたたきつけたのです。玄関に入ったらいつも見えていたあの、トルヒージョ大統領の写真入りの額ぶちでした。

「スーソ、どうしたんだ！」

「イチノスーケ。……トルヒージョを燃やすんでさ！」

「えっ？　昨日、トルヒージョ大統領が亡くなったって悲しんでたじゃないか」

「ああ、だがね。やつがとんでもない悪党だったってことが分かったんでさ。やつは、政敵を何万人と殺していたんだと。どうりで、わしたちが応援していた議員がある日突然いなくなったわけだ」

昨日まで神様のような存在だった大統領が、今日は悪党に。なぜ、一晩でそんなに変わったのでしょう。

「スーソ、どうしてそんなこと分かったの？」

慎ちゃんの疑問にスーソさんはこう答えました。

「昨日の夜、国営放送で、トルヒージョのこれまでの悪行があばかれたんだよ。やつはこの国の金を独り占めにして、スイス銀行にかくしていたんだと。おれたちがいつまでも貧乏なのはやつのせいなんだ！」

そう言うと、奥さんが持っていた大統領夫妻の写真を額ぶちごと、また地面にたたきつけ、ランプの灯油をかけて火をつけたのです。

慎ちゃんは、あのおとなしかったスーソさんたちが、一夜にしてこれほどまでに変わったのを見て、ぎょう天しました。

「とにかくダハボンに行ってみよう」

大統領をののしるスーソさんと奥さんの怒声を背中で聞きながら、ダハボンの町へと急ぎました。

いつも静かな公園はけんそうの広場と化していました。街中の人が集まったのかと思うほど多くの人たちが、それぞれ写真入りの額ぶちや、大統領の写真が表紙になっている青ノートや本を持ってきて、燃えさかる火の中に、それらを投げこんでいました。慎ちゃんは遠くからでも、昨日まで「祖国の父」とあがめられていた大統領関係のものと分かりました。

(ラジオの放送で、人の気持ちってこんなに簡単に変わるんだ)

「こりゃ、困ったことになったばい」

父さんが苦虫をかみつぶしたような顔で言うのを見たのですが、そのときは、どれほど困ったことになるのか、けんとうもつきませんでした。

でも、一カ月もしないうちに、父さんがいった「困ったこと」が起きるのです。慎ちゃんたちが通うコレヒオが完全に閉鎖されることに!

そして、さらにひどくて悲しい事件がつぎにまっていました。

(二) アディオス(さようなら) エルマーノ

革命が起きた数日後の夜。父さんの好きなきざみタバコを作ってあげているときです。

「こんばんは」

日本語であいさつする声が玄関から聞こえました。

「あっ、エルマーノだ」

みんなはすぐにエルマーノと分かりました。夜、優しい声で「こんばんは」とたずねてくる人はエルマーノしかいません。

「絶対エルマーノ」

慎ちゃんと譲二ちゃんは競争するように玄関のドアを開けに行きました。慎ちゃんが先に着いてぐいっとドアを開けると、思った通り、エルマーノでした。

「エルマーノ、いらっしゃい！」

まるでどこかの合唱団のように、いっせいにみんなでエルマーノを歓げいしました。

ところが、いつもなら、日本語で（こんばんは。きょう、大丈夫ですか?）とか、（オーラ、アビチュエラ）とか、（ママネルはまだ起きていますか?）と明るい声が返ってくるのです。

ママネルとは、エルマーノが来るとはずかしいので、すぐに「ママ、寝る」と寝てしまうまち子ちゃんに「ママネル」とエルマーノがつけたニックネームです。

でも、今日の先生はいつものようにカウボーイハットを取って、沈んだ声で、

「こんばんは」

とあいさつするだけです。

（なんだか変だなあ）

　慎ちゃんはそう思いながら、先生の手をひっぱって家に招きいれようとしました。

「アビチュエラ、ごめん、今日はここで失礼するよ」

　エルマーノは帽子を胸に当てたまま、つぎに思いがけないことを言ったのです。

「じつは、今日はみなさんに『さようなら』を言いに来ました」

　とっさにだれも何の事か分かりませんでした。いつも帰るときにそんな言葉で別れるのに、なぜ最初から？

「エルマーノ、それはどういう意味かしら？」

「明日、私たちコレヒオのエルマーノたち全員、キュラソーに発つ事になりました。ダハボンは危険になったからです」

「えっ？　なぜエルマーノたちが危険に？」

　父さんです。

「ご存知のように、あのコレヒオはこの前暗殺された大統領のお金で建てられました。ですから、街の人たちは、そのお金で私たちエルマーノもやとわれていて、大統領側と思われたようなのです」

「でも、エルマーノたちの多くが海外から来られて、ドミニカの教育を良くしようと、がんばっておられたのに、街の人たちはそれが分からないのかしら？」

「今、ドミニカ中の人たちは、とにかくトルヒージョに関わった人たちは、すべて悪と思っているのです。私たちが何を言っても聞いてくれそうもありません。とにかく、急いでこの国から出ないと、大変危険な状況です。私もこれからコレヒオにもどって、全員真夜中に車で首都に向かいます」

「エルマーノ、じゃあ、いつダハボンにもどってくるの？」

慎ちゃんは、胸の奥から何か熱いものがこみあげてくるのを感じながらたずねました。

「この時点じゃ、だれも分からない。でも、ドミニカが落ち着いたら、必ずもどってくる。約束するよ、アビチュエラ」

「絶対だよ、エルマーノ！」

慎ちゃんと譲二ちゃんはエルマーノの胸に飛びこんで、大声で泣き始めました。

「大丈夫、大丈夫、私は必ずもどってくるから」

（大人が『またね』とか『このつぎ』と言って約束を守った事がない。あのカナル風呂のように）

エルマーノは二人の頭をなでながら、何度もそう言ってなぐさめました。末っ子のまち子ちゃんも寝室から出てきて、母さんにだかれたまま泣いています。「ママネルはまだ寝ていませんか」と聞いてくれる人に会えなくなるのです。

父さんも口をへの字にして、だまってエルマーノを見ています。母さんの目も涙でいっぱいです。

「それでは……。みなさんお元気で」

そう言うと、エルマーノはきびすを返して馬の方へゆっくりと歩いて行きました。

あとから、一家全員がついて行きました。

エルマーノは馬に乗る前に、見送りに来たみんなに、帽子で軽くあいさつすると、スッと馬にまたがりました。

「アスタ・プロント（早いうち会いましょう）！」

そうエルマーノは力強く言うと、馬をダハボンの方向にむけるや、あっという間に、昔見た西部劇の「シェーン」のアラン・ラッドのように、暗闇の中に消えていきました。満天の空にいつものように銀河が輝いていました。

慎ちゃんは、まだエルマーノがウソをついているんじゃないか、もしかしたら、「冗談だよ、アビチュエラ」とコレヒオで言うんじゃないか。半信半疑でした。それに、先生は「アディオス」とは言わなかったもの。


翌朝、慎ちゃんは父さんとダハボンに行きました。街にはもうこの前のように大統領の写真を焼いている人たちはいませんでした。すぐに父さんとコレヒオに向かいました。

正面玄関のドアはかたくしまり、二階の窓ガラスはほとんど全部割られていました。まかないのおばさんのニエーベさんたちが、お尻がはみ出るような小さないすに座って、いつも楽しげにおしゃべりしながら、プラタノの皮をむいている場所に続く裏道のドアにもカギがかかっていました。

父さんといっしょに学校の周りをぐるっと見て回りましたが、どこの入り口にもカギがかかっていて、人の気配はありませんでした。

「慎一、もうだれもいないようやね。帰ろう」

慎ちゃんがコレヒオを見たのは、これが最後でした。


数日後、とても悲しいニュースがラジオで流されました。コレヒオの数学のタマージョ先生が銃で殺されたというのです。

「大統領派だったらしい。エルマーノじゃなかったから、いっしょににげられなかったのかねえ。かわいそうに」

父さんが母さんにそっと伝えました。『タマージョ』と聞こえただけで、これまで以上にびん感になっていた慎ちゃんの耳に、そんなヒソヒソ声も入ってきたのです。

チョコレート色の肌をしたタマージョ先生が、鼻歌まじりにリズミカルにタイプライターをたたく姿を思い出していました。算数が一番得意だった慎ちゃんは、よくテストで満点を取っていたので、先生は、「シニーチは天才！」とほめてくれていました。お腹の底から響いてくるこの先生の笑い声は、もう聞けません。

ついこの前まで元気だった人が、子どもにはまだよく分からない「政治」という大人の社会の中で、意見がちがうというだけで命を奪われる悲しさに、慎ちゃんはどこにも持って行きようのないいきどおりを感じていました。

最終章

奇跡の出会い、そして、さようならドミニカ

エルマーノたちがドミニカ共和国から去って半年ほどたったある日のこと。

「みんな、日本にもうすぐ帰れるよ」

信じられないことを母さんが言いました。

慎ちゃんはあとから知ったのですが、母さんは日本の新聞社や政治家の人たちと、ひんぱんに手紙でやり取りしていたそうなのです。

日本に帰る事になった大きな理由が二つありました。

一つ目は、日本の新聞にも大きくのった「カリブの楽園、ドミニカ共和国」はうそだったこと。

二つ目は、ドミニカ革命が起きて、日本人も危なくなっていたこと。


「時代、日本政府は、ドミニカから離れる人たちを三つのグループに分けるっち。残留組、帰国組、それからブラジルへの移転組」

「何家族のこると？」

「四十七家族らしい。確か、二百七十六人とか聞いちょる」

「ほんとね。でも、やっと、帰ることができるんやねえ」

慎ちゃんは最初にこの話を聞いたとき、信じられませんでした。もう日本には絶対に帰ることは

ないと思っていたからです。

　峯一家はもちろん、コロニアの多くの日本人が、エルマーノ・メディーナの暖かくて優しい説明を信じて、カトリック信者になっていました。だから、慎ちゃんはクラスメートで一番仲のよい、そして成績はいつもトップだったロベルトのように、首都で神父さんになる学校に行こうと決めていたのです。

　でも母さんからは、

「あんたは長男やから、神父さんにならんでね。神父さんは結婚できんきね」

と説得されていたのでした。


　もうあと数日で帰国のために首都に旅立つ日に、玄関先にりっぱな車が止まりました。中からなんと、首都にいるはずのロベルトが出て来たではありませんか。そのあとに、運転していた見知らぬ神父さんが……。

「シニーチ、久しぶり！　君に会ってもらいたい神父様をつれて来たよ！」

　ロベルトは満面にえみを浮かべてあく手を求めてきました。ロベルトによると、慎ちゃんが神父になりたいと話したことを、神学校で話すと、ぜひ会いたいと、わざわざ首都から来たのだそうです。

　慎ちゃんはもうドミニカを去って日本に帰ること、母さんが反対していることなどをロベルトと神父さんに伝えました。

「そう、日本に帰ってしまうんだね」

ロベルトはとても残念がって、しばらく雑談をしたあと、神父さんともどって行きました。

一九六一年十月。ついに、コロニアを離れる日です。

慎ちゃんたちといっしょに来ていた忠夫おじさんは、ブラジルに行きたいというので、そこでお別れです。

別れの前日、慎ちゃんは手あかでページが黒くなった江戸川乱歩シリーズ全巻を犬山孝くんにあげました。ところどころパッチンづくりで虫食いになっていたマンガ雑誌は、ジューカ、ノーマン、ポジートたちにあげました。

「アビチュエラがいなくなると、さびしくなるなあ」

「手紙書いてな」

ジューカやノーマンたちの別れの言葉でした。

早朝。大型バスが数台来て、帰国する人たちがバスの中につぎからつぎに乗車しました。

母さんは仲の良かった人たちと涙の別れです。

「元気でね」

「お達者で！」

バスの中の人たちは窓から手を出し、ハンカチを振って、見送りに来た人たちとの最後の別れをおしんでいました。

バスはゆっくりと動き始めました。これから、つい最近までトルヒージョ市と呼ばれていた首都のサントドミンゴ市に向かうのです。

乗り慣れたグアグアではなく、りっぱなバスなので、上には豚やニワトリの「乗客」はいません。もしいれば、五時間あまりのバスの旅はもっとにぎやかな旅になったことでしょう。

バスはコロニアを離れると、まずは途中の街のサンティアゴへ。そこで休憩したあと、数時間後に首都につきました。ただ、宿泊場所はめいめいで決めなければならなかったので、簡易ホテルに泊まって、帰国用の飛行機をここで待つことになりました。

飛行機がいつ来るかだれも知らないもの。

ある日、父さんが、

「まいったぞ。これまで一ペソが一ドルだったのに、今交かんしに行ったら、十ペソ払わないと一ドルにならんとばい」

慎ちゃんはどういう意味かよく分かりませんでしたが、自分がせっせとためたお小づかいで、映画館に行くと入場券売り場のお姉さんからこう言われたのです。

「紙幣で入場券を買うんだったら、十ペソ。硬貨だったら、一ペソ」

つまり、この前暗殺されたトルヒージョ大統領の肖像が入った紙幣は、十分の一くらいの価値になりさがったということなのです。

幸い慎ちゃんは三ペソ分の硬貨も持っていたので、それで払って大好きな映画を楽しむことができました。映画館から気分良く出て、ホテルにもどっていると、歩道に人だかりがありました。子どもの姿もあります。

（なんだろう）

「コンペルミーソ」（すみません）と言いながら一番前まで行きました。

映画でいつか見たことのあるサイコロ当てゲームでした。

アルミのコップが三つテーブルの上にあります。野球帽をかぶった若いお兄さんが、その中の一つにサイコロをコロンといれ、それがはみ出さない程度の、でもかなり速いスピードで、その三つのコップをぐるぐるといれ替えます。

「さあ、どのコップの中にサイコロが入っている？」

客の中にいた若い男の人が、

「この中だろう」

と指差しました。

慎ちゃんもそう思いました。

「当たり！」

見ていた人たちみんなが賞賛の声をあげます。すると野球帽のお兄さんは、

「俺が負けたので一ペソ」

と当てた客に一ペソ硬貨を手渡しました。

「やったあ！」

周りにいた人たちから拍手。

「つぎは俺の番」

新しい客がサイコロ当てに挑みます。

野球帽のお兄さんは、「ビエン」（分かった）と言ったあと、また同じ手つきでサイコロを一つのコップの中にいれ、サッサッサッサーと滑らかに気持ちの良い手つきで三つのコップをいれ替えます。

慎ちゃんも目を皿のようにして、サイコロの入ったコップを追いかけました。

「さあどれだどれだ？」

野球帽のお兄さんがたずねたとき、慎ちゃんはきっと真ん中にあるコップだと確信しました。

「真ん中のコップの中！」

新しい客が当てました。

「カランバ（ワオ）、みんなうまいな」

また、野球帽のお兄さんの負けです。それほど難しくなさそうです。

「さあだれか俺にチャレンジする者はいないか」

慎ちゃんは当てられると思い、手をあげました。

「おー、お前、チーノ（中国人）か、ハポネス（日本人）か？」

「ハポネスだよ」

「OK、じゃあ行くぞ」

そう言うと野球帽のお兄さんは前のようにサイコロをコップの中にカランといれ、慣れた手つきで三つのコップを5、6回移動させました。

慎ちゃんは前の人たちが当てたとき、自分も当てることができたので、自信がありました。

「右端のこれ！」

と指差すと、客の中から「そうだ、それだ」という声があがりました。

「やったあ！」

と喜んだのですが、

「今のはだめ。後ろの人が教えたから。やり直し」

そんなわけで、つぎも当てたのですが、「それだ」と教えられたからと同じようにはねつけられ、三回目はとうとう間違えてしまったのです。

「残念だったな、ハポネス、一ペソ硬貨ちょうだい」

慎ちゃんは何か割り切れない思いでホテルにもどり、父さんと母さんにこのことを話すと、

「慎一、それは一種の詐欺だね。当てたら客を装った仲間が『そうだ』とわざと教えたふりして勝たせんとよ。いいか、もう絶対にそんなゲームに手を出しちゃいけんぞ」

あの一ペソがあれば、コロニアで好きなエラードが百個も買えたのに。慎ちゃんはその夜、悔しくてなかなか寝つかれませんでした。

翌日、慎ちゃんは譲二ちゃんを連れて港を見に行きました。所々に銃を持った兵隊さんたちがい

ましたが、慎ちゃんのような子どもたちには目もくれないので、怖くはありません。

「譲二、ドミニカに来たとき、この港で降りてバスに乗ったの、覚えてる？」

「うーん、覚えてない」

「そうか、兄ちゃんはよく覚えてるよ。あそこを曲がったところに、確か公園があったと思う。遊びに行こうか」

二人は公園へと向かいました。それは覚えていた場所にありました。見あげるほど高いヤシの木々で囲まれていたのも、五年ほど前と変わりませんでした。

十月といっても、真夏のように暑い日ざしです。それをさけるために、ヤシの木影にあるベンチに座って、コロンブス時代に建てられた近くの砦《とりで》をながめていると、突然、女の人の大きな声が聞こえたのです。

「オー、ディオスミーヨ！（まあ、神様！）あなたたち、シニーチとジョージじゃないの?!」

慎ちゃんたちはびっくりしてその声の主を見あげると、きれいな背の高い女の人が立っています。

なんと、ダハボンからいなくなっていたホセフィーナ先生がポカンとした表情で立っていたのです。

「ホセフィーナ先生？」

慎ちゃんは信じられない思いで確認しました。

「そうよ、ダハボンであなたたちにスペイン語を教えていたホセフィーナですよ」

と言うと、

「もう、なんていうことなの、こんなところであなたたちに会えるなんて！」

先生は懐かしいあの青い目に涙をいっぱい浮かべて、ぎゅっと二人を抱きしめました。また、最初にあったときの香水の良い香りがしました。

慎ちゃんは夢を見ているようでした。わずか半年ホセフィーナ先生にスペイン語を教えてもらったけれど、正式な学校でしっかりと教えてもらった最初の先生ですから。

それに先生には、日本から持って来ていたおひな様やひな段など一式、置く所がないからと、両親がプレゼントしていたのです。そのときの先生のうれしそうな顔も絶対に忘れた事はありません。

慎ちゃんはホセフィーナ先生がダハボンから去ったあとのでき事など、しばらく雑談をしたあと、別れることになりました。

「これから私、仕事のお約束で行かなくちゃならないの。だから、ここでお別れね。いつまでも元気でいてね」

先生はまた二人をきつく抱きしめたあと、去っていきました。

一週間ほどして、首都のはずれにある飛行場からパナマに向かって飛ぶことになりました。

まだそのころは、大統領を暗殺したという人たちを政府が探していました。だから、飛行機がいつ飛ぶかだれにも分かりません。やっと帰国日が決まり、飛行機が離陸すると、遠くに見える首都サントドミンゴの方角に、煙があがっていました。政府軍と革命軍の戦闘だったのでしょうか。

そんな大事件が起きていることも知らない慎ちゃんたちは、これからパナマに行って、あるぜんちな丸に乗船し、来たときと同じようにパナマ運河を通って帰国するのです。

パナマに数日滞在したあと、一九六一年十一月四日、暖かい国から寒い祖国の横浜港につきました。

慎ちゃんは心の中でさけびました。

さようなら第二の故郷、ドミニカ共和国！

さようなら、ジューカ、ポジート、ノーマン、ドミニカの友だち。

そして……

「アスタ・プロント（また会う日まで）エルマーノ・メディーナ！」

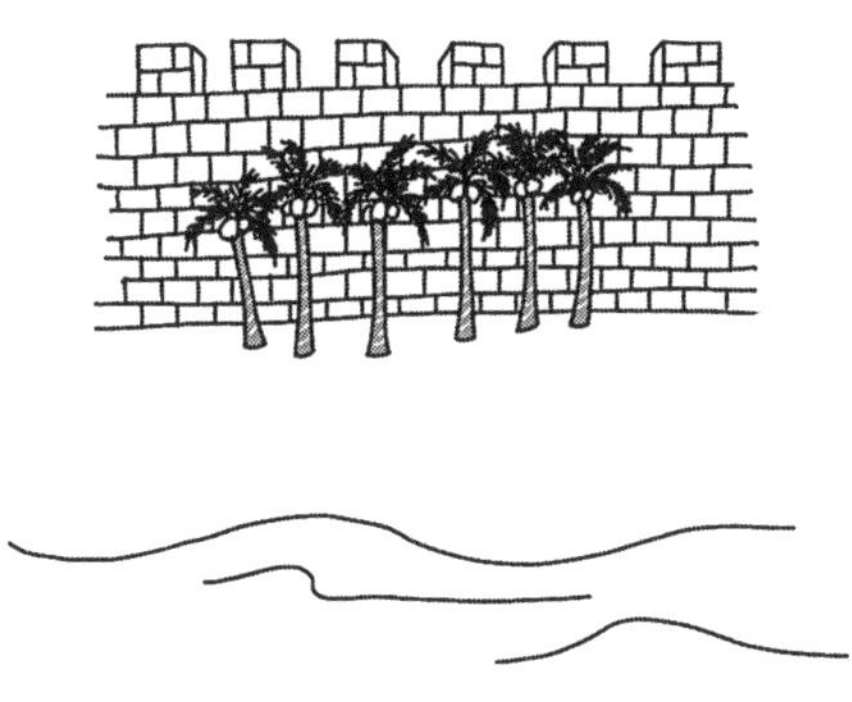

エピローグ

こうしてドミニカでの生活は終わり、ジージたちはまた日本で暮らすようになった。たくさんの人とお別れをしなきゃいけなかったのは、とても悲しくてね。今でも、あのときのことをよく思い出すよ。ドミニカにいたのはわずか四年と九カ月だったけれど、日本のつぎに大事な思い出の国となった。

せっかく覚えたスペイン語はね、帰国して半年で話せなくなったよ。小さいときは外国語を覚えるのはとても早い、でも、忘れるのも早いんだ。だから、ジージはまた話せるように、一生けん命漢字の勉強もしてスペイン語が学べる神戸市外国語大学へ行くことができた。だから今は話せるよ。

大人になって、エルマーノを探したら、先生はパナマで結婚して生きておられたんだ！　まだ会えていないけれど、電話で話すことができた。

「アビチュエラ、私はまだ日本語を一人で勉強しているよ！」だって。

本当はこのお話はもっと長いんだが、この辺で終わっておこうかな。

完

〈著者紹介〉
マイク 峯（マイク みね）
福岡県生まれ。元大学教員。9歳のときドミニカ共和国に移住。福岡県東筑高校卒。神戸市外国語大学イスパニア学科卒。オレゴン大学院にて教育工学修士。1994年米国永住権を取得。毎日コミュニケーションズ社、アスキー、アルク等の元コラムニスト。『この気持ち、英語で言えますか？』（主婦の友社）、ニンテンドーDS『フォニックスでみにつくえいご』（マイスターヒーロ社）、TOEIC教材『E-Ticket!』。一般社団法人プラネットメディア研究所理事長。日本人用のフォニックスを一般に広く伝えるべく活動を展開中。

ぼくとマンゴとエルマーノ

2023年7月26日　第1刷発行

著　者　　マイク峯
発行人　　久保田貴幸

発行元　　株式会社 幻冬舎メディアコンサルティング
〒151-0051　東京都渋谷区千駄ヶ谷4-9-7
電話　03-5411-6440（編集）

発売元　　株式会社 幻冬舎
〒151-0051　東京都渋谷区千駄ヶ谷4-9-7
電話　03-5411-6222（営業）

印刷・製本　中央精版印刷株式会社
装　丁　　弓田和則

検印廃止

Printed in Japan
ISBN 978-4-344-94448-0 C0093
幻冬舎メディアコンサルティングＨＰ
https://www.gentosha-mc.com/